U0134204

# 每日一诗

## MEIRI YISHI

2024 年卷

谭五昌 主编

中国文史出版社

CHINA CULTURAL AND HISTORICAL PRESS

# 编 委 会

CONTENTS 目录

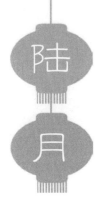

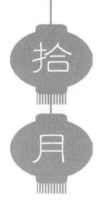

拾壹月

## 新年辞 / 周扬松

十二月的告别，我们走向新年——
元旦的第一缕阳光唤醒窗台
厚重的一年留在了昨夜
谜一样的日子向前飞奔
此刻，总得总结些什么
——像日历总结岁月
——像雪花总结冬天

过去的一年：有忧伤、也有欢乐
新年捞起一个个消逝的日子
生命划过深深浅浅的痕迹
若一阵清风，拂过微澜的心头
渐行渐远的疼痛与失落
得到总比失去的多，让我始终保持——
对新年的热爱与向往

时间加速飞逝，生命的江河
翻涌着奔向远方的地平线
卸下一年的负累与疲惫
重整岁月行装，在新年的阳光中
长成一株开花的松树

让新年每一个盛开的日子
都被温暖的阳光照耀
让内心充满金色的光芒……

周扬松，贵州省诗人协会会员。

2024.1.1 星期一

癸卯兔年
十一月二十

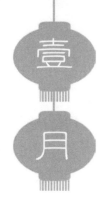

# 一 月/树 才

一月悲唱非洲的荒凉：
一个国家竟是一件百衲衣！
面包树是祖先留下的象征。
太多的风沙，太普遍的干渴！

一月的天空徒有晴朗：
滴雨不下，已经有四月。
外国佬修筑的沥青路闪着水光，
疾驰的小汽车也无法撕碎这一月的荒凉。

树才，浙江奉化人。中国社会科学院外国文学研究所研究员。

2024.1.2　星期二

癸卯兔年
十一月廿一

## 寒 夜 / 张　烨

我全部的力量是一行诗
缆车悬在诗行的索道前行
如此沉重使我疲惫不堪
风，大口大口咀嚼着雪，银色的雪线
是青春的亮
山谷如一对虎牙
深渊仰着虎口

你的心情是缆车
是飘满雪花的凉
你需要我，我感到幸福
这条坚韧的索道
铁血的热焰，勇敢、欢乐与希望的和弦

张烨，上海大学教授。二十世纪八九十年代女性诗歌重要代表人物之一。

2024.1.3 星期三

癸卯兔年
十一月廿二

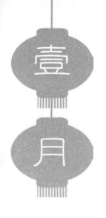

## 雪的影子 / 木 汀

只有当太阳升起的时候
一切的影子
都像树一样生长着

影子匍匐在地上
很长地绵延
逃过了目力所及
逃过了季节和时空的跨度

影子的影子
一定是树平铺的画

大多时候
早已想不起来
树的影子
犹如
早已想不起来
道路是被影子划出凸凹
还是掩盖了凹凸

大多时候
除了自己
忽略或忘记了身旁所有的影子
如雪的影子
总一遍遍被遗忘

木汀,原名杨东彪。中国诗歌学会副秘书长。

2024.1.4 星期四

癸卯兔年
十一月廿三

## 文学院的冬天 / 李林芳

大雪日没有雪，月季花开正艳
冬至日不结冰，竹叶繁盛，一片片抽出文字的刀锋
悬铃木上的小铃铛，去年的和今年的碰撞
被折叠的季节里，有时光的回响

二十四节气患了拖延症
如行驶缓慢的绿皮火车，晃晃荡荡
从胶济线一路驶来，在大海边
刹不住了—— 一个趔趄
百岁成妖，一百年的紫玉兰举起花苞
一百年的小楼把斜阳抹在背上
而蜡梅无动于衷，大海这面城市的照妖镜里
是她阴晴不定的表情

李林芳，山东省作家协会诗歌委员会副主任，青岛市作家协会副主席，《青岛文学》主编。

2024.1.5 星期五

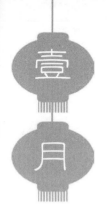

## 小寒十四行 / 李　皓

数着数着，寒天就横亘在面前
这个旧日朋友，用背后的一个绊子
为我打开一扇通往春天的门
早晨的犬吠，就算是野鸡的鸣叫了
不合时宜的冬雨，就当是雪了
雨和雪一团和气，北归的大雁
一路驮着梅花
阳气是心中的猛虎，正在慢慢苏醒
煮茶，温酒，在冰上凿一个窟窿
掉进去，就来一次冬泳
掉不进去，就与鱼们聚首
在对视中相互抵抗，在冰水里呼啸
爱和恨，只有到了极致
才会把鸡肋当作一生的美味

李皓，中国作家协会会员，辽宁省作家协会诗歌委员会主任。

癸卯兔年
小　寒

　　小寒，二十四节气中的第二十三个节气，冬季的第五个节气。于每年公历1月5日至7日交节。冷气积久而寒，小寒天气寒冷，是表示气温冷暖变化的节气。小寒节气的特点就是寒冷，但是却还没有冷到极致。

# 1月7日　成都　雪景 / 龚学敏

羽毛裹着的行人是踩死雪的
凶手，整个城市都是刑场

黑色的伞用障眼法
让新生的雪
看不见前辈成为烈士的瞬间

白纸上的证词，被篡改成头撞向
大地时，流出的污水

汽车掠过铺满活着的雪的街道
像是撕掉纱布
把大地的伤口
裸露给天空

龚学敏，《星星》诗刊主编，中国诗歌学会副会长，中国作家协会会员。

2024.1.7　星期日

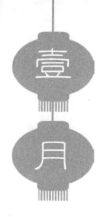

## 雪中的岩石 / 刘以林

冬天的大仓库里冰雪冻伤了岩石
我知道它逮着我了

摸一下苍天　高吧
吮一点太阳　亮吧
开一次岩石之门　凛冽吧

整整一天我在山上听岩石的心脏跳动
大雪之光把我举着
我血液的灯笼不停地照耀

傍晚太阳离开了群山
我离开岩石——身后一尺远的地方
岩石的重量跟着我一直走到山下

　　刘以林，知名行修者，作家，艺术家，旅行家。其美术作品在世界
各地巡展。

2024.1.8 星期一

癸卯兔年
十一月廿七

## 一场小雪 / 边海云

这是密集的时针
同时也是匆忙的脚步
鼓点响起，饰角
就一遍遍地上台出演

有时候我也尝试着转换角色
比如。用幽怨的月光兑换几两白雪
把疲惫的碎步转换成优雅的散步
或者躲在文字的阡陌里赶制梦境

一场小雪已至，笔端的云烟正在涌动，
这幅水墨正等着你着色

边海云，山西作家协会会员，中国寓言文学研究会会员。

壹月

2024.1.9 星期二

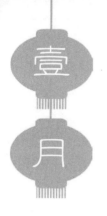

## 一定会有雪 / 安海茵

一定会有雪
美的事物总会是你喜欢的面目
比如半开的百合
弄洒了的香薰
满屋子的香啊！让我们的
拥抱又沉又软
也一定有黑巧和红丝绒蛋糕
好吃的最接近美
那些微甜的云朵一次次躲进
你的下午茶
我，和你，并不缺爱
却又矢志一路上找到更多
兆麟公园的秋千
阳明滩大桥的鸥鸟
我们靠这些被打动的瞬间
存下一点儿冻泉水
给每一年的钟声和
每一列深情的永不回头的火车
我们穿越——
擎着胸膛里的小灯笼

安海茵，中国作家协会会员，黑龙江省作家协会全委会委员，哈尔滨市作家协会副主席。《诗林》诗刊副主编。

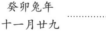

癸卯兔年
十一月廿九

## 东巴四季 / 兰 心

东巴之冬，你从古老的东巴经书中走来
云雀领来了北风
鹊鸰鸟领来了满地的露水
白鹤领来了漫天的白雪
白雪是冬天的使者
东巴之春，你从古老的东巴经书中走来
树儿披着一身身翡翠的衣裳
松林间吼叫着白色的麂子
森林里鸣叫着雉鸡与箐鸡
嫩青草是春天的使者
东巴之夏，你从古老的东巴经书中走来
坡上草深林密，利爪的豹子和老虎也走不出那深山密林
坡下积雨成河，水獭和鱼儿也游不过湍急的河沟
大雨是夏天的使者
东巴之秋，你从古老的东巴经书中走来
金花、银花，绿松石花、玉石花，玛瑙花遍地绽放着
繁花是秋天的使者
人类先祖崇忍利恩和天女衬恒褒白历经四季考验
从居那若罗神山上迁徙下来
终于回到大地母亲的怀抱里
回归到辽阔大地上人类的家
一母生三子，三子各不同
从此，人类大地上诞生了三个古老的民族
他们共筑美好家园
从此，人类如高天繁星般绵延不绝

兰心，国际双语作家，中国作家协会会员，东巴文化书院和兰心萨
美书院创始人。

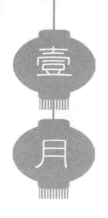

## 雪落远山 / 牧 风

还会有冬日雪原的壮美和梦想吗
远处　雪线下面埋藏已久的故事
正通过初春的手掌汩汩地流向远方
那是炽热的心描述高原解冻的声音
暗流中涌动着激情

是谁　用灵魂打破冬眠
让那凝固的力量瞬间释放甘南春天的眷恋
过去的一切都隐没在神秘的哑冬
而滚动的牛羊　奔驰的神骏，
还有牧人的鹰笛声
都迅疾地搬运到春的国度里去了
面对远方巍峨的雪山
以及树林边缓慢而寂静的洮水
那个画意未尽的人正与谁喃喃低语呢

牧风，藏族，原名赵凌宏，甘肃甘南人。中国作家协会会员，中国诗歌学会会员。

2024.1.12　星期五

癸卯兔年
腊月初二

# 冰 瀑 / 田 斌

冷，有绝情的力
纵使飞流的瀑布，飞溅的水
也能被它无情地摁住
纹丝不动地贴在悬崖上
让人看了又惊又喜
不寒而栗

这被寒冷囚禁的水
昭示出纯洁的傲骨
因为心地干净
才冰清玉洁，晶莹剔透
阳光下流淌的泪滴
是它对生命的坚韧
死，也是站立者形象

它对冷有无穷的抗拒力
不腐不软，硬的是骨头
因为它坚信
只有熬过严寒绝境的人
才能唱出春天荡气回肠的欢歌

田斌，中国作家协会会员，安徽省作家协会理事。

癸卯兔年
腊月初三

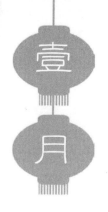

壹月

2024.1.14 星期日

# 下 雪 / 田 湘

下雪是唯一洁白的事
雪从天空落下，覆盖了大地
雪是太阳燃烧后的最后一片光芒

在下雪。没有比下雪更纯洁的事
雪落下，世界便安静下来
枯树进入洁白的梦中
黑色的影子随即消失

在下雪。雪让我的诗歌成为
落满大地的阳光。雪是我
在大地上铺开的一张白纸

在下雪。我的心升起一团火
因而不觉得冷。此刻雪是
温暖的。雪的种子在发芽
大雪纷飞，我踏雪而去

田湘，广西作家协会副主席，广西作家协会诗歌委员会主任。

癸卯兔年
腊月初四

## 冬　日 / 卜寸丹

那个冬天　空空如也
那个冬天　我是一尘不染的孩子
没有隐私和邪恶
并且　无所顾忌
父亲一直牵着我的手
他怕我会像那条青皮小蛇
躲进松软的泥里睡觉
他怕我会像一枚浆果
风一下子就吹得暗红暗红的了
还是怕这个冬天　怕檐下的雪气
像狐媚的猫
一弓身轻捷地蹿到屋顶青灰的瓦上
眨眼间就不见了

而阴湿的春天　就在门外
我看过去
桃花朵朵　太深了呵

卜寸丹，《散文诗》总编辑。现居湖南益阳。

2024.1.15　星期一

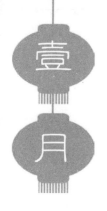

## 雪 狗 / 曹 波

我常在冬天没有灵感
因为寒风把脑子吹空了
今天下起大雪
我在傍晚换上靴子
去外面踏雪寻梅
新修的城市此时
没有一个人物和车
因为雪大
我没有寻到梅花
或许她被裹住
在路灯下
一个老地方
那几条凶神恶煞的野狗
此时像换了灵魂
变成白狗
整齐地卧在那里
向我投来
温柔的目光

曹波，西北大学丝绸之路国际诗歌研究中心副主任。

癸卯兔年
腊月初六

# 在这个冬天 / 马培松

在这个冬天
在这个太阳冰冷着脸孔的冬天
我仍然坚持写诗，以文字为柴
在诗歌中取暖
我写诗，我写像鲜红的枸杞一样的诗
我写你读着便浑身发热冒汗的诗
我能给你什么呢，我给你我的诗，朋友
这些可都是我从心窝抽出来的丝
编织出来的春意盎然的花环
读吧，像我们相聚痛饮枸杞酒一样地读吧
像酒酣耳热之后的摩拳擦掌一样地读吧
让我的诗歌
进入你的身躯同你的毛孔一起偾张血液一起沸腾
同你的身体一起坐立不安
直到你内心有一股热血要奋发
一直到穿过这个厚重的冬天

马培松，中国作家协会会员，中国音乐家协会会员，中国诗歌学会理事。

癸卯兔年
腊月初七

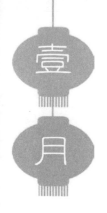

## 冬天早晨的太阳 / 周荣新

冬天早晨的太阳有气无力
懒洋洋趴在兰花剑叶间
似乎不敌周遭的寒冷
一束束在绿叶间轻微喘息

也有大胆而快步走的
屋顶的白霜被它晒化
在晴朗的湛蓝天空下
无雨也淌下一滴滴屋檐水来

更多的冬阳已经吻上树梢
绿叶黄叶红叶被它一视同仁
搂抱在灿烂怀里，恍如春没有走远
更多的冬阳已经走在田野
翠绿的是菠菜青菜豌豆青蚕豆
枯草已金黄而小麦依然绿油油

更多的冬阳照亮小河湖泊
更多的冬阳亲吻雪缠雾绕的山脉
更多的冬阳催热都市的街道
更多的冬阳照暖了山民的手脚

周荣新，云南省作家协会会员。现居云南丽江。

2024.1.18 星期四

癸卯兔年
腊月初八

# 冰 瀑 / 沙 克

水流，没跑过寒冷
被速冻的力一滴一滴给抓住
钉在悬崖上

囫囵的寒冷
抓住轻浮的流动性
刻录出一毫秒一毫秒的刹那间
伤痕、肉芽和疤结堆积……

不珍惜光阴
坐不住冷板凳又跑得慢的妄想症们
看在眼里，打着寒战
仿佛自己被囚在一粒冰晶中
喊不出声：激流，闪电

沙克，北京大学访问学者，《中国文艺家》艺术总监。现居江苏淮
安与南京。

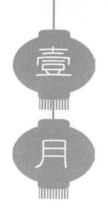

壹月

## 大 寒/北 琪

雪落下一层，白鹭的翅膀
就自南向北划开一寸天空
瓶子里的百合再绽放一朵
我就启程

每一次试图忘了那场大雪
偏偏每一片雪花
都牵出一份奢侈的回忆

北风与枯枝针锋相对
霜花，只适合袖手旁观
我也不得不学会步步为营

两支红蜡烛一次次对望
一次次，笑着笑着
泪流满面

有一种幸福
是给自己一个充分的理由
一直走在，去见你的路上

北琪，中国诗歌学会会员，内蒙古作家协会会员，兴安盟文艺评论
家协会副主席。

2024.1.20 星期六

癸卯兔年
大 寒

大寒，二十四节气中的最后一个节气。于每年公历 1 月 20 日至 21 日交节。
大寒同小寒一样，也是表示天气寒冷程度的节气，大寒是天气寒冷到极致的意思。
南方最寒冷的时候就是大寒节气。

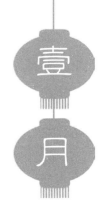

## 雪·空地 / 宗　晶

还有短木棒、笭筐
一根绳子隐没在远处的我手里
我相信守候在百草园里的迅哥捕到鸟了
我也捕到了，只是它们飞走了
飞走的麻雀扑棱着翅膀钻入柴草垛里
而草垛正在一缕缕的炊烟里瘦下来
像一些爱，刚刚着床就碎裂了
矛盾而又统一

雪花，还在随着夜风舞蹈
白茫茫的，它们身下的空地
正以某种速度丰满

宗晶，满族，中国作家协会会员，中国诗歌学会会员。

2024.1.21　星期日

癸卯兔年
腊月十一

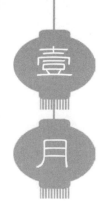

## 按住白，是我一生的理想 / 花　语

按住白
按住纷飞中的弧线

把云按在纸上
把雪按在瘀青的旧上
把齿白唇红按在我一厢情愿的黄昏
把鹤发童颜，按进我温暖的余生

最好有你，虽眼角皱纹堆叠
却有恍惚中的嗔怪
驱遣露中清寒

圩里炊烟升腾
映照我诸多的苦心和一意孤行
你不来，雾不散
抱你豆灯中的高光，前世孤盏

按住白
是我一生的理想

花语，湖北人。诗人、画家、策展人。参加诗刊社第 27 届青春诗会。现居北京宋庄。

2024.1.22

星期一

癸卯兔年
腊月十二

## 冬 / 丁 丁

纯白音符铺满红尘
冬
冷静地处理着琐事

冰雪拥抱一切温暖
试炼
一份纯真

冬雨轻敲大地的心
跳动着酝酿
春天的
琴音

丁丁，福建诗人，现旅居海外。

2024.1.23 星期二

癸卯兔年
腊月十三

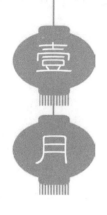

## 雪舞苍茫 / 林 琳

苍茫啊，漫天的雪花浩荡
似一匹匹雪白的骏马
无声地奔驰
覆盖着万里江山

群山皑皑，蜿蜒起伏
一群鹰不懈地飞翔
旋转，旋转，再旋转
为一场大雪礼赞

大河滔滔，雪融入奔腾
河水伴随风的啸声
黄色的激流不断迭起
涌起一场大雪的豪迈

村庄宁静，炊烟袅袅
一头牛默然观望飞雪的天空
与一地被雪淹没的麦苗
沉浸在温暖的遐想里……

林琳，《香港文艺报》社长、主编，中国音乐文学学会理事，张家界市国际旅游诗歌协会副主席。

癸卯兔年
腊月十四

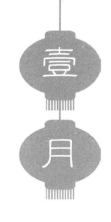

## 冬 季/朱 燕

中午时分
阳光洒满阳台

我内心温暖坚定
一首诗就让我从寒冬离开
在春天落脚

朱燕，中国作家协会会员，扬州市作家协会副主席。

癸卯兔年
腊月十五

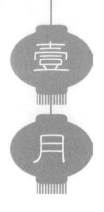

## 高原之冬 / 北　遥

一边是冬天
一边是春天

一边在飘零
一边在再生

一边在挣扎
一边在狂欢

人生没有永恒的春天
却可以有一颗不老的心

在细雨淋湿的高原
找寻心灵栖居的家园

北遥，山西作家协会会员。现居北京。

癸卯兔年
腊月十六

## 庐山记（之三十二）/ 邓 涛

最傲慢的孤独是站着的
从石头里爬出，长着鳞须的物种
抓一把地上生锈的松针
补过多少岁月的痛
以及天地之间漫长的缝
一万片雪，一万丈的深渊
一万个仰视它的凡人
只有一场封山的大雪
才配得上风口的松
只有高昂的山峰才配得上
松的站立

邓涛，江西南昌评论家协会主席，南昌诗歌学会会长，新江西诗派重要成员。

癸卯兔年
腊月十七

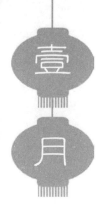

## 把时间拖长 /李 斌

我看到了尽头，那么近
我要放缓脚步
把时间拖长
把平静的血气拖长
比如泡一杯清茶
轻呷一口，慢慢回忆
童年光脚走过的烂泥巴路
那时冬天的细雨会下十天半月
比如认真看完一本书
书中不识的字
仔细翻字典查找释义
搞清楚来龙去脉
不要认字认半边地读过去
比如躺枪时多躺会儿
躺着多听听闲言碎语
就知道了该怎样站着说话
比如诗写到第一句卡壳了
便放下来，心里惦记着
把疼痛的情绪积累成词
在暴雨突至时下得酣畅淋漓
比如到了悬崖边上
横着走，所有的峭壁都成为风景
路只有那么长
我要把时间拖长

李斌，《星星》诗刊编辑部主任。现居成都。

2024.1.28 星期日

癸卯兔年
腊月十八

## 寒冬纪 / 谭 践

冬天的河里封了冰，
气温还在不断地下降。
河水瑟缩着身子，
在冰下委屈地流淌。

小鱼儿却游得欢快，
它咬住一小块冰，
用自己的体温，
融化冰中的寒冷。

还有一个瘦弱的人，
脚下踩着河上的冰，
他把头埋进整个儿冬天，
一直往前走。

他要一直这么走下去，
直到冰凌融尽，
或者自己，
也走进冰中。

谭践，中国作家协会会员，山东省报告文学学会副会长，泰安市作家协会主席。

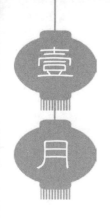

## 落雪的黄昏 / 陈巨飞

雪落在野鸭身上，遮蔽了它的黑
野鸭落在湖面上
一个时间的破折号，呈现了
世界的扁平性
路上的积雪有人清扫，湖面的积雪
却是合理的

年轻时，我们多么热爱
不合理的一部分
落雪的黄昏，细细的雪，覆盖了鸽粪。
一片雪追着另一片雪
山峰笔直，泛着寒光
伸向大地白茫茫的砧板

抠去靴子底部的雪块，如同遗弃
说谎的戒指
谁不迷恋芫荽、青蒜和冬笋
我们一头钻进厨房
想把一生浪费在这里——
而蜡梅开在雪中，深谙存在的意义

陈巨飞，中国作家协会会员，安徽省作家协会诗歌专委会委员，北京十月文学院副院长。现居北京。

2024.1.30 星期二

癸卯兔年
腊月二十

## 年 思 / 白恩杰

开启迷茫的睡眼
感觉世界安静了许多
窗前贴满金色的阳光
起身，揉进点点金黄
见白雪在阴暗里哭泣
听远去的足音
不知踏落多少艰辛
该走的拦不住
该来的有自己的路
只有根深埋泥土

白恩杰，中国诗歌学会会员，山西作家协会会员，《天涯诗刊》主编。

## 梦 想 / 舒寒冰

梦想在山间有个小院
翻开黑色泥土
种下星星
覆上白云
用露水浇灌
春天破土而出
迎风招展
开出一千朵太阳

梦想在田野有个菜园
种下俗世愿望
收获满园童话
你看，你看
菜豆苗飞出紫蝴蝶
扁豆藤挂满绿月亮
豆荚里蹦出红宝石！

舒寒冰，中国作家协会会员。现供职于安徽天柱山。

2024.2.1 星期四

癸卯兔年
腊月廿二

## 小年夜 / 唐　晴

在所有的中国节里
我最喜欢的就是今天
总有一盏灯火，在黑暗中摇曳
照亮母亲忙碌的身影
灯火来源于我的童年
干净的灶台上一小碟子菜油
里面那一根细细的灯草
灶台是母亲的天下
母亲的天下是我们永远的乐园
每天看着母亲在她的天下纵横捭阖
我盼望母亲永远在她的天下驰骋
盼望每年的小年之夜
不用糖瓜，只点亮一盏油灯
我相信，灶王爷升天
母亲的福报就会年年添增

唐晴，阳光出版社社长，中国作家协会会员。现居宁夏银川。

2024.2.2　星期五

## 一场雪 / 杨廷成

总有一场雪
挑一个吉祥的日子里来到人间
二月并不遥远
春天离大地很近

这些纷纷扬扬的雪花
在天地间尽情而肆意舞动
多么像寒夜里温暖如灯的亲人
一声声干净的祝福在我眼眸里融化

凛冽的北风依然冰凉
而每一个人心中的渴望是如此滚烫
顷刻间，血脉偾张如一条早春的河流
以势不可挡的力量破冰前行，抵达远方

杨廷成，中国作家协会会员、青海省作家协会副主席。现居西宁。

2024.2.3 星期六

癸卯兔年
腊月廿四

# 立 春 / 罗鹿鸣

对春天，不再望梅止渴了
万物望眼欲穿的这个日子
拱破冻土与寒霜，欣欣然
来了，真来了，终于来了

胚囊，开始蠢蠢欲动
苗芽，做上了成长的梦
疴瘘的草，可以重新站起来
抖落尘埃与冷漠，挺直了腰杆
落叶树，也可以重新披挂上阵
将新季节，抚弄出婆娑的声音
山河，再一次展露勃勃雄心

该开花的开花，该采蜜的采蜜
化茧为蝶的，坚持自己的飞翔
脱胎换骨的，继续未竟的路程
春风春雨将花鸟虫鱼盯得很紧
它们交头接耳、悄悄地议论：
"穿过冬天，走过悲喜
经过欲望破灭的人
春天来了，可以重新做人吗？"

罗鹿鸣，中国作家协会会员，中国摄影家协会会员，金融作家协会
副主席。现居长沙。

立春，二十四节气中的第一个节气，于每年公历2月3日至5日交节。干支纪元，
以寅月为春正，立春为岁首。立春，大地回春，终而复始、万象更新，在传统观念中，
立春具有吉祥的含义。

## 立春：畲里土里的种子都醒着 / 刘晓平

立春之日，雪峰山脚下
偏僻寂静的小山村喧闹了
人们实施了鞭打春牛的习俗
他们把犁头插进了田里
稻草扎起的春牛也赶进了田里
祈祷后领头者以竹鞭抽之
旁边的应和者便齐声唱喝——
一鞭打醒春耕牛
不忘勤劳春耕早
二鞭抽醒雷公佬
管住风调和雨顺
三鞭唤醒土地神
守好田地五谷都丰登

立春后的日子
即使村民睡了
村里的牛和狗却醒着
田里的耕者和牛归来了
蛙和田里的星星却醒着
田坎上的草也醒着
山里的树都张开着花苞
畲里土里的种子都醒着……

刘晓平，中国作家协会会员，中国诗歌学会理事、湖南省诗歌学会荣誉副会长，张家界国际旅游诗歌节创始人。

癸卯兔年
腊月廿六

2024.2.5 星期一

## 苹果园的春天 / 箜 簧

春风裁剪的枝条
没有挂住一片眼中的雪花

来自南方的微风
邀请蜜蜂舞蹈
枝头成了雪的世界
大地奏响圆舞曲

花蕊亲吻着花蕊
爱情寻找着爱神
花瓣的红晕，孕育新的生命
小心酿造爱的糖心

收紧眉头的果农
掐掉爱的拥挤
只为在含盐的源泉里
浓缩一春的甜蜜

箜簧，原名童剑。中国作家协会会员，四川省评论家协会会员。《星星》诗刊副主编。

2024.2.6 星期二

## 春 枝 / 陈小平

春枝一直注视着我，透过窗户
隔着檀香木书桌

我被它的气息吸引，它的目光
比令人不安的花蕾更心惊

这些隔着玻璃的春光
总让人恍如隔世

它注视着我，透过窗户
仿佛消失已久的二十世纪

　　陈小平，四川师范大学教授，四川师范大学诗歌研究中心主任。现居成都。

癸卯兔年
腊月廿八

# 水　仙/*安　琪*

乱云飞渡中我仍是认得出你
水仙

画者有一颗不安分的心，像我
画者不让水仙优雅、从容
不让水仙如你所愿，亭亭玉立
于水中，寿命仅有半月的水仙
生时倾其心力传布芳香
萎时便枯黄、脏乱，状如茅草
我从小看大的水仙
故乡的水仙，从不让我有感觉

那嫩黄的蕊
春天的小舌头颤颤动动，世界
重新开始，快来品尝世界的苦
世界的甜
水仙，你先于百花到达人间
你是百花的终结者和开拓者
你最初是土豆、然后是洋葱
当你长出你黑暗中也看得见光辉的
脸

你是水仙！

安琪，原名黄江嫔。中国作家协会会员、中国诗歌学会常务理事。现居北京。

癸卯兔年
腊月廿九

## 除 夕 / 冯三四

天空飘过祥云
流水等不及，飞鸟等不及
除夕的钟声已敲响

请抖下岁月的烟尘
我们要整装待发
请驱走世间的阴霾
我们要重新出发

把春联贴上，灯笼挂上
把喜庆的花灯点亮
把守岁的灯盏点亮
把吉祥的祝福送上

把甜蜜的回忆装订成册
把烦恼和不顺心通通扔掉
把年糕端上来，把佳肴端上来
把美酒端上来，把清茶端上来
与欢乐相拥，与如意同行

点上一炷香，点燃一串鞭炮
让我们共同举杯吧
一杯酒敬过往，一杯茶迎明天
共祝愿
明天会更美好

冯三四，本名冯诗斌。中国作家协会会员，广西音乐家协会会员，南宁市作家协会副主席。现居南宁。

2024.2.9 星期五

癸卯兔年
除 夕

## 跨年的烟花 / 张佐平

除夕之夜
人们总有很多期盼和幻想
春晚的节目还在使劲地上演
就有鞭炮、烟花
开始稀稀拉拉鸣放

突然，急风骤雨般
一种情绪集中释放
跨年的钟声
淹没在令人震撼
甚至有些窒息的疯狂

所有的希望都五颜六色
升上了天空
所有的过往都尘埃落定
归于平静

第二天，从明白的早晨醒来
真实的朝晖里
总能闻见昨夜硝烟的残响

张佐平，土家族，重庆作家协会会员，奉节县作家协会副主席，重庆奉节教师进修学院副院长。

2024.2.10 星期六

甲辰龙年
春　节

## 又过年了 / 许 敏

母亲洗刷陶坛。之前，她要我们把大大小小的腌菜坛子
搬到河沿上。井栏边、池塘的石条上太拥挤了
尽是爱干净的穿红着绿的大姑娘小媳妇
母亲一身旧衣，戴着护袖，系着灰布围裙
把冰冷的河水灌进陶坛，用竹制的刷把不停地洗刷
一颗草叶的心就在这粗陋坚硬的陶坛里融化
像糖稀，点点滴滴的金黄在闪动——蜜的羊羔
红红的日头是悬在寺庙顶上的那盏油灯
说远也远，说近也近——
妻在洗刷久置不用的杯盏，自来水龙头下
有寒意，也有热水器的温暖，而我珍爱的陶坛
已作了女儿的花盆，半钵清水里养着几株水仙
几穗小花，是冬天善良的人家在静静地默守温暖

许敏，中国作家协会会员，安徽公安文联副主席，合肥市作家协会
副主席。

2024.2.11 星期日

甲辰龙年
正月初二

## 正月里来是新春 / 谭 冰

进山

在云涌日出的龟峰

一百年后我们或许会感动

贴满喜红的窗户

浸泡旧时月色

撕开黑暗的裂缝

车子离开何七家湾

群山在缓慢地涌动

青草举着火焰

桃树生起了炊烟

那朵映山红是注定要被带走

没有谁注意到

雨后山坡上结满的果子

正月里来是新春

有一些花开仿佛祈祷

柳梢挡住了河流

鸟儿抱紧了翅膀

不尽的车流与人海


不断闪现

雪从后山飘到前山

迎亲的烈焰

最喜欢黑夜的燃放


谭冰，中国作家协会会员，黄冈市文联《东坡文艺》执行主编，黄冈市作家协会副主席。

甲辰龙年

正月初三

2024.2.12 星期一

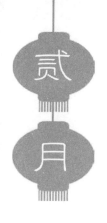

## 正月：走车马灯 / 唐志平

花子花子三花子：头上戴顶破帽子，身上穿扎
烂褂子，脚上蹬双烂鞋子，手里拿把破扇子，
上场就来念段子。

—— 花子上场开场白

那些年，我扮花子
和我对唱《十月望郎》的
是手握提笼的两位车子姑娘
我们身边
是一支举灯、扎戏的庞大队伍

今年，我想再扮一回花子
但不知当年如花妙龄的
车子姑娘去了哪里
或许　那些举马灯的
正举着异乡的风烟
那些敲锣敲打的
是一些思乡的曲调
那个吹唢呐的表哥
在茫茫夜色中　独自吹奏晚景

青黄不接的年代
谁来演一出稼穑人间

唐志平，湖南省作家协会会员，湖南省诗歌学会理事，邵东市文联
副主席。

甲辰龙年
正月初四

## 玫瑰情人节 / 倩儿宝贝

阳光，伸出有魔力的触角
温柔地追随急切赶来的脚步
就要睡去的冬，似有若无

在街口，有鲜花出售，笑容
走走停停。你的心中
在加剧什么

那就要冲出胸口的，不是
你唱得半熟的情歌，是一个
你不想说出来的等候

玫瑰送达
不设防的心思涨潮了
欢喜的笑声迭起，装饰了写字楼

无语的人儿
幸福而不安的脸颊
有一种羞涩，悄悄漫延

门外，春风尚未拂面
飞来筑巢的小燕子
一心向往绿色的春天

2024.2.14 星期三

倩儿宝贝，原名刘倩儿，又名贺英。作家、诗人、书画家、经济师、
武术爱好者。

甲辰龙年
正月初五

## 连绵的春雨 / *曾若水*

太阳躲在云里
睡觉了吗
天天潜伏

雨，登台后
横斜表演，昼夜不倦
总舍不得退场

春眠了
需要多少鸟鸣
才可以叫醒沉睡的太阳

　　曾若水，中国作家协会会员，国家一级作家，江西宜春市作家协会副主席。

甲辰龙年
正月初六

## 早春声音 / 陈欣永

鸟鸣用足了普通话的形容词
枝叶上的动词发芽了
花朵开出的短语，组成了春天的句子

一行一行，像江里滔滔不绝的春风
讲述着早春的故事
倒影是垂柳摇曳的身姿
有婀娜的水性

春雨淅淅沥沥，每一声滋润
都有绵绵的情意，得耐心倾听
一组流水的问号，要问就问
早春的声音，剪辑好绿色的心事

以草地作为抒情的大样
以花朵作为正文
在唐诗里赊点声音，把早春的动静
都押上韵，利用工整

平平仄仄地把春风对仗好

陈欣永，浙江省作家协会会员，现居上海。

## 二月的草地 / 单增曲措

牧场

牦牛

藏獒

黑帐篷

康巴汉子

康巴女人

冰冷的雪山

温热的酥油茶

在口腔舞动

咀嚼糌粑

水袖齿间飘扬

牦牛开始收割青草

不听雪水清澈的歌唱

　一把斧头

劈开石头

石头开花

单增曲措，藏族，云南作家协会会员。现居香格里拉。

甲辰龙年

正月初八

## 二 月 / 方文竹

在东郊的河滩上，有个人低头
自言自语
他在夜间仰望，对天空越陷越深
在燕归来的清晨，以写实风格
模仿或描述啼鸣中的疑问句

自我刻画吧，大地的纸张不够用
疾书于万古愁里的一支笔
被另一支笔否定，如脚下的细沙
翻卷不息，短暂的印迹
是流水和风代替了真理的表达

波浪推杯换盏，流水像一面破镜
聚拢万物，谁的思虑
正在完形于时间中的重圆
在车水马龙的闹市，风拍窗户
掀翻春光中不动产的灵感

方文竹，安徽怀宁人。民刊《滴撒诗歌》主编。现居安徽宣城。

2024.2.18 星期日

# 雨 水 / 舒 喆

立春都还没好好歌颂
雨水就飞奔而来
今天周末
我一天宅家
坐在屋檐下观天
天阴阴的
有比较凉的风

到下午五点
天还是一副欲哭无泪的表情
好像对去年冬天所经受的寒冷
春天为它平反做得不彻底
也好像是怪立春匆匆把它拉起来
打搅了它的睡眠

所以
雨水这个节气
渗透着一种稚嫩的骨气
看来今年
我们都不是好惹的

舒喆，江西省诗词协会会员，新江西诗派重要成员。现居南昌。

甲辰龙年
雨　　水

　　雨水，二十四节气中的第二个节气，于每年公历 2 月 18 日、19 日或 20 日，到 3 月 4 日或 5 日结束。雨水时节，气温回升，冰雪融化，降水增多。雨水和谷雨、小雪、大雪一样，都是反映降水现象的节气。

2024.2.19 星期一

## 融化在春风里 / 谷 语

沿着山势慢慢深入雪山的肌理
海拔越高，静谧的纯度越高
溪水是白雪的孩子，语声晶莹
小径是纯天然的
阳光从枝叶间投下一粒粒闪光的金锭

山顶上仍有积雪
而隐藏在大山皱褶里的人家
墙头已斜斜挑起一枝桃红
樱花树，迎风撕开凛冽
着一身淡雅的缟素了

投宿于一片菜花丛
山间的夜才是真正的夜
风吹屋檐，沙沙有声。围着炉火
几声犬吠后，月亮出山了
料峭的春寒里时有雀鸟惊鸣

谷语，原名马迎春。四川省作家协会会员，四川省甘孜州文艺评论
家协会主席。现居四川康定。

2024.2.20 星期二

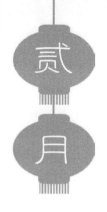

## 春天，吹响冲锋号 / 胡刚毅

南方，春的步子
走得太勤太急，一不小心
踩出一串惊雷
天，激动得泪雨纷飞
山头的云朵揩来揩去
揩不去溪流奔泻不息的泪腺
云，凝神沉思

春天，吹响冲锋号！
清晨的地平线，静悄悄
太阳的信号弹升上云霄
每茎草擎举起绿色的刺刀
亘古的战场上，厮杀未见分晓
一朵朵花儿如期吹起了春的冲锋号！

胡刚毅，中国作家协会会员，江西省作家协会会员、理事。

甲辰龙年
正月十二

## 一朵花的春天 / 祁　人

一朵花长在树上
或开在枝头
仿佛与我无关

它是美的
它的孤傲
也是春天的色彩

捧它在手心
覆盖了一道道纵横交错的
掌纹
犹如覆盖大半辈子的人生

我不忍猜它的名字
来自异域，抑或外星
一枝一朵，总是一道门
连接着天堂抑或地狱

一念之间，一朵花
瞬间令我打开
内心的
春天

祁人，四川荣县人。中国诗歌学会创建者之一、中国诗歌万里行总策划。

甲辰龙年
正月十三

## 奉新之行随感 / 游 华

与春天如期而约
诗落九天阁　凭栏
任思绪飞扬

有的人无疾却伤在浓烈的乡愁里
总在夜的深处拄杖潜回故里
攥紧母亲那一份久远的温存
在残缺的梦里
不得不舔舐岁月的伤痛
生命在浅薄一张白纸的厚度里
又不得不如牛埋头拼命劳作
有的人在时光里打磨
想走回都回不去的原乡
济民医治不了社会的顽疾
却能康复残损的思想
时间让一切归于静寂

当诗与清香淡雅的水酒相遇
日落九仙岭　余晖里
温暖着我们诗意的行程

　　游华，江西作家协会会员，中国摄影家协会会员，江西省民俗摄影协会主席，南昌市摄影家协会主席。

2024.2.23 星期五

甲辰龙年
正月十四

## 元宵的灯火璀璨了人间 / 漆宇勤

红色的柴火，红色的灯笼
红色的对联，红色的剪纸和福字
红色的元宵之夜在不远处等你

有约而赴的人在灯火阑珊处巧笑
她的身前与身后，冷光烟花泛着五角的光晕
透过耀眼的闪烁，元宵的夜晚心意便圆了

今夜我们不说农事，不说文字
不说即将启程的人
今夜我们在人群里开怀像两个孩子

直到焰火沉静，灯光渐次熄灭
靠着河边石头栏杆并将它焐热的少年人
今夜的温暖让世间所有的城市都是家乡

这璀璨的灯火与璀璨的人间相互辉映
元宵之夜我们彼此拥抱或浅浅爱上
一度矫情的节日从此让人惦记，让人欢喜

漆宇勤，中国作家协会会员，现居江西萍乡。

甲辰龙年
元宵节

· 055 ·

## 木棉花开的春天 / 唐鸿南

天越冷
木棉花越是开放
越要用全身赤裸裸的冷
与冷对抗
迎接枯燥的落叶
冷出深厚的感情
一起开花结果
我也可以绽放春天的盛景
可以红如木棉花开
但我不会红过红的边界线
正如春天的肤色
刚好慢慢地暖下来
拥抱应有的一切

唐鸿南，黎族，中国作家协会会员、海南省作家协会副主席、五指山市作家协会主席。

## 芦苇谣 / 涂国文

初春的芦苇丛，这光阴的黄金遗产
它用细密的金丝，织成一条温暖的黄金被

春风在这儿分娩，一同分娩的
还有一颗蛋黄似的日轮

一棵倒伏的枯树，从芦苇丛中伸出螯夹
胡乱偷袭着空中流窜的寒鸟

河水开始以春天的模样流淌
它褶皱纸般的波纹，泛着青绿色的光

几只白鹭呆立在河边乱石上
像一群每况愈下的乡愁病患者

涂国文，中国作家协会会员，中国文艺评论家协会会员。现居杭州。

2024.2.26　星期一

## 春笋 / 谢方生

当淅沥沥的春雨飘进竹林
当天边响起轰隆隆的雷声
一条条春笋呼啸而出
犹如战士听到冲锋的号令
一个冬天的韬光养晦
漫长的等待执着坚忍
也许压抑得太久太久了
积聚的力量巨大惊人
冲破封堵的冻土
掀开压迫的石板
挣断纠缠的树根
只几天时间，竹林里景象喧闹
放眼尽是毛茸茸的蓬勃生命
向上，向上，目标向上
为了取得更多的生存空间
春笋摆脱束缚自己的箬壳
翅翼似的枝叶向天空伸展，飞升

　　谢方生，广东省作家协会会员，广州诗社、五月诗社社员，界外诗
社副社长。

2024.2.27
星期二

甲辰龙年
正月十八

# 犁 / 张笑春

春去春来
风筝起落的日子
隐伏的钢铁开始燃旺季节
比如犁，铸造过万千光芒的启示
至今仍沉默如金

掘进的犁
根植于泥土之中
划过风景线旷古悠长的寂静
扶正了多少凌乱的目光

谦逊的犁
简单而深刻。长空下
总有许多绵延的祈望
被犁收藏或传送
那些像河一样的
长卷的秘密
交由时间揭示

它弯曲的光
挑亮夜的眼睛。而犁的中心
似有一些悟不透的东西
正沿着欲望的早晨
折射成刚直不阿的信念

张笑春，湖南桃源人，生于新疆。新疆伊犁州作家协会副主席。

2024.2.28 星期三

甲辰龙年
正月十九

## 雪 落 / 张译丹

那场雪落不落，已经没有关系了
无非是假想你，怀抱月亮远行
不再归还。黄昏里，到处是散落的碎叶
它们比我更期待夜晚的白
你还不来，日子又长了起来

雪落在你的村庄，沉睡的鸦醒过来
叫啊叫啊，从胸腔里吐出你的名字
我们曾经站在路的这头，打碎冰柱
大片雪水覆盖身体，如同你的心事
沾染整个冬天，我听到了
太多过于直白的声音

不再需要辨认。对着你的眼睛数星星
你见过的夜晚，距离我们千万里
你不曾说过的秘密，如何随着那风
越飘越远。这些我无法隐喻的片刻
终于埋于一个失重的过程，和雪一起
沉入湖底

你还不来，日子又长了起来
到了二月，流水顺着一个人的爱情
游过田野、草堆，那片荒芜的地
长出青苔。还要等多久
须向春天借些时日
好好地，磨平你的轮廓

张译丹，云南玉溪人，首都师大中国诗歌研究中心研究生。现居北京。

甲辰龙年
正月二十

## 三月的迷恋 / 庄伟杰

一朵艳缤纷在异国蓝天下
火焰般炽热，仿佛涅槃重生
正在举行一场隆重的庆典仪式
那笑容舒展的抒情，亮闪骄傲的红
凝神注目，心潮就会澎湃
静静欣赏，心空变得辽阔

这个季节，似有神谕昭示
在一片熹微中，我看见
阳光很柔顺，似有吉光片羽降临
即使夜深，内心的参数方程式
也不会空着，当浓艳的因子蠕动
在神思恍惚中，我投去专注的迷恋

此刻，独自呢喃在草长莺飞的三月
最本能的音调，也是最神圣的密码
如此呢着喃着，一个人屏气倾听
声音早已落入一大片虚空中
所有能感化的形影，皆凝聚为
另一个半球里经典的台词

庄伟杰，闽南人。山东大学诗学研究中心特聘研究员，《中文学刊》社长总编，中外散文诗学会副主席。

2024.3.1 星期五

甲辰龙年
正月廿一

## 走过桃花林 / 多　木

到了一定年纪，有些东西

就真的可以放下了

比如一些采过或没采过的桃花

一些摘过或没摘过的果实

一些碰得叮当响的酒杯

一些飞溅的泪

一些突如其来的风暴

一些暗中刺过来的剑

一些已经确定不能到达的远方

一朵已经熄灭又重新燃起的火焰……

它们也许带来过欢笑

也许带来过哭泣

但鸟在飞，草在绿，光芒在继续

眼前的芬芳，要惜取

未来的树木，要种植

该放下的，就放下吧

放下，并不等于背叛

美好的心，即便放下了

也依旧会在寂静的时光中

感激那些应该感激的一切

也原谅那些难以原谅的一切

多木，原名覃昌明，广西作家协会会员。现居广西柳州。

甲辰龙年
正月廿二

# 三月三的风筝 / 灵岩放歌

三月三的风筝在蓝天
我的心跟着你飘去
三月三的风筝在云中
牵扯着无尽的思念

三月三的风筝
你飘在我眼里
悠悠荡荡追着春风
无尽的思念变成浮云

三月三的游思在蓝天
我的心跟着你追去
三月三的游思在云中
飘扬着无数的爱恋

三月三的风筝
你飘在我心里
悠悠荡荡随着游思
游思里是你明亮的眼睛

灵岩放歌，原名陈勇。中国诗歌学会会员，河南省作家协会会员，
中国唯美诗歌原创联盟创始人。现居福州。

2024.3.3 星期日

## 我想要……／慕 白

春天里，樱花盛开的时候

我们去飞云江边喝酒，你给我唱歌

或弹琴，看江水荡漾

慢慢变绿变蓝，风是知音

群山寂静，如果刚好下起雨

你就在雨中为我舞一曲春光

赤足，白衣胜雪，不打伞

落花粘上你的裙角，翩翩跹跹

不要在意流水中的桃花

和对面山上的杜鹃，任凭她们

羡慕、嫉妒你，并恨我

　　慕白，中国作家协会会员，首都师范大学 2014 年度驻校诗人。现居浙江文成。

# 惊 蛰 / 老 刀

为了让冬天后悔
我要动用一万朵油菜花
一水库的风
将春天的香气吹远
比白加山还要远
我喜欢蘑菇头戴野草
在屋后山坡上
被惊蛰喊醒的样子

老刀，中国作家协会会员，现居广州。

甲辰龙年
惊 蛰

惊蛰，二十四节气中的第三个节气。所谓"春雷惊百虫"，惊蛰的意思是天气回暖，春雷始鸣，惊醒蛰伏于地下冬眠的昆虫。

## 惊 蛰 / 爱 松

2024.3.6 星期三

有一种金属
不在地上行走
而在地下埋葬

还有光存活它的梦
还有影，游离它肌理
隐秘的节奏

诚如我诸多渴念
许多年，许多人
在你看不见的地方
下着，黑色的棋

　　爱松，原名段爱松，中国作家协会会员，北师大与鲁院联办文学创作研究生。现居昆明。

甲辰龙年
正月廿六

# 落 叶 / 刘 鑫

微风吹拂，不断有叶子落下来
棕色的，褐色的，绿色的，红色的，黄色的
轻飘飘的叶子，落下来

落在水渠里，被清凉的流水带走
落在水渠里，就变成了彩色的小船儿

将来不及登船的那个人
留在田埂边，留在怅然若失的春天里

刘鑫，中国诗歌学会会员，江西省作家协会会员。现居江西萍乡。

2024.3.7 星期四

## 致她们 / 许 仲

有时候日子是苦的
一只粉红的果子就会拿出一部分甜跟另一只说话
有时候一个人会孤独
一朵刚开的花就会解开红头绳为另一朵扎上蝴蝶

有时候一个女人会把内心的悲喜
放在日历上，等待有人去揭开因果
有时候她会独自撕下某个日子隐藏起来
有时候她冷，紧紧包裹着自己单薄的人生
有时候她想
毫无根据地开出自己的绚烂

她等了好久，那个悬挂的红月亮
还在枝头酝酿醇香，她无尽的等待
还在月大月小的未知收成中
直到今天，她还在反反复复地
演练自我突围

她戴着头饰的样子
像一滴感动过春天的眼泪
她匆匆穿过花丛的样子
像人间某个下午落进心房的光照

许仲，江苏泗阳人。中国作家协会会员，江苏南通市海门区作家协会副主席。

2024.3.8 星期五

甲辰龙年
正月廿八

## 我与桃花有个约会 / 牛国臣

煦风撩人的春天我如约来到桃花源
在鲜花的柔波里纵情与桃美人缠绵

她静静看我一眼把脸扭到一边
撅着樱桃小嘴心事满腹 一怀愁怨
娇声娇气地说君你来得好晚
是去了公园遛弯儿还是遇靓女纠缠
我等得太久了要好好补充睡眠
说到伤心处双眉颦蹙泪湿双眼
跺一跺双脚 扭一扭腰肢 惊落一地花瓣

我冲桃花微微一笑
没有理会她的任性娇蛮
只是择机洒一把甘露播进她心田
我举起心爱的相机
细心捕捉她每一个娇美瞬间
在镜头面前她亮出深藏容颜
起舞弄影摆出各种 POSE
跳起华尔兹 风情万千

桃美人你好天真浪漫
见我为你倾心动情时
你敞开心扉为我盛开 为我灿烂

牛国臣，中国远洋海运作家协会副主席，天津海韵诗社社长。现居天津。

2024.3.9 星期六

## 花间道 / 苏文田

春雨停后
天气放晴
寻花问柳的好时机
迎春花悄悄地绽放
宛如那清纯的少女
飘逸扑鼻的清香
行走于花间道
花儿款款而来
赠予热烈而甜蜜的亲吻
感叹阅尽人间春色之美
萌生一种强烈的欲望
要拥抱整个花的世界

苏文田，中华诗词学会会员，福建省作家协会会员，厦门市民俗学会会长。

2024.3.10 星期日

甲辰龙年
二月初一

## 龙抬头 / 干天全

今天是你苏醒的日子
头抬起来，抬得再高一些
蛰伏的时间太久
不知道你何时爬出洞来
和你一起蛰伏的许多同类
还有不少闭着眼睛
冬眠的厚土挡着风雪
习惯了，蜷缩阴暗的洞穴
二月春风已剪开封冻的天空
阳光正穿透而来
都苏醒过来吧
和开始抬头的龙一起爬出洞来
该经天的叱咤风云
该行地的激越山水
春天到了
就该有春天的样子

干天全，四川省写作学会会长，四川大学文学与新闻学院教授。

甲辰龙年
二月初二

## 颤 动 / 蔡英明

天空的想念
让树枝长出新叶

飞鸟经过
整座山脉停电
树枝颤动

樱桃让春天有了加速度
所有的甜都带着闪电

在寂静到来之前
我必须听懂一株植物
如何慢慢地
打开自己

并把银河的部分也带走

而我想你时，叶子用尽一切
晃动那滴露珠

蔡英明，福建人。首都师范大学硕士研究生。现居北京。

2024.3.12 星期二

## 下江南 / 马慧聪

拎起一个公文包
我就坐上高铁，下江南
我所向往的江南
包括一草一木
都不用抱回屋子里
躲避严寒
那边的裙摆
一年四季都是裙摆
三月下江南
我其实很纠结
这边也进入春天
我的梨花杏花桃花
还在沙尘暴里
就要盛开
原来我爱北方
更多一些

马慧聪，中国作家协会会员，中国诗歌学会理事，陕西省青年文学协会主席，《延河》下半月刊主编。

## 春 夜 / 左 清

一夜的风细细吹
开窗似一眼开春的细流
眼见窗外的夜沉沉
月渐弯成了银钩

左清,中国诗歌学会会员,新江西诗派成员,武汉大学珞珈诗派成员,江西省作家协会会员。

2024.3.14 星期四

甲辰龙年
二月初五

## 我知道 / 樊　子

我知道时间的原野上走来白象，沉闷的足音
是孤独的力量。
它走近我，和我说说天气转身就走了
是啊，我们能说什么呢
这偶尔的不错的天气
适合走走
绕过池塘早春单薄的荷花
远处的山脉还是那么黝黑。

樊子，安徽寿县人。深圳前海美术馆馆长。现居深圳。

甲辰龙年
二月初六

## 我在不同的人身上，遇见部分的你 / 孤 城

我见过众多的蝴蝶
在春天里
三五成群，模拟一朵花，叹息般地飞翔

我见过那么多的蝴蝶，扇动小彩旗
无力用旗语实现，你的出现

没有一副完整的画面
可以吻合我们的相遇
蝴蝶死去
可曾扯一片落英，虚掩自己美到极致的心碎

　　孤城，原名赵业胜。中国作家协会会员，中国诗歌学会理事，《诗刊》社中国诗歌网编辑部主任。

甲辰龙年
二月初七

## 春风归 / 丘文桥

要说春风回来
这是一件多么富有想象力的事
有些花最终开成了花，无可厚非
风拂过，抓不住
有芬芳　香味渗入
也有一些花，最终只是花骨朵
在大地上，画满窗子
一遍又一遍挥霍你的形象
穿堂而走，翻乱了一本诗集

丘文桥，广西文艺评论家协会副主席，广西作家协会会员。现居南宁。

# 樱花树下 / 和克纯

我站在樱花树下
久久地久久地
仔细观察着一朵朵含泪的花
似曾相识，却又陌生

因为，去年此时，前年此刻
我站在同一位置同一棵树下
花一样的娇艳，一样的馨香
然而，花蕊无泪

我知道我心中的泪为了谁
却不知花之泪为了谁

和克纯，云南丽江石鼓人。云南省作家协会会员，云南省评论家协会会员。

甲辰龙年
二月初九

## 蜗牛是雨天的印迹 / 王珊珊

澳门的三月，从阴雨开始
像一张苍白的脸，那低矮的天空
与遥远的海水合二为一
雨未间断，试图偷走早春的温软

我放轻脚步，还是惊扰了一池鱼
在雨中，紫荆花褪色
未来某一天，你我之间的情谊也会褪色
直到燃成灰烬，直到模糊

你借宿于我心房，我才明白孤独
提及流星，我们羡慕、遗憾却又无能为力
蜗牛是雨天的印迹
人与人，走得悄无声息

王珊珊，云南昭通人。澳门大学计算机科学在读博士生。

## 春 分 / 野 松

已似盛夏的南方之南
长雷滚过天空
战栗和烫伤了大地之心
谁说泪水全无
所有的繁茂都被一种
雾气氤氲。你的
登高望远，是否已有了
一点虚妄与疲倦
但台阶仍要往上铺设
一场浩大的雪
正从遥远的北方而来

野松，广东省作家协会会员，广东省文艺评论家协会会员，《珠西诗刊》主编。

甲辰龙年
春　分

春分，二十四节气中的第四个节气，于每年公历3月19日至22日交节。春分在天文学上有重要意义，南北半球昼夜平分，自这天以后，太阳直射位置继续由赤道向北半球推移，北半球各地白昼开始长于黑夜。

## 太阳　还是那个太阳 / 郭栋超

迎春花皱水纹

毕竟已是春分

连翘太阳下思考存在便是一切

只因有了太阳　太阳

暖了

太阳炙烤土地

炙烤所能炙烤的话语

太阳一直升起又落下

冬季风动恋歌

山川颤抖


太阳　还是那个太阳


　　郭栋超，中国作家协会会员，河南省诗歌学会理事，中国乡土诗人协会常务理事。

## 省第一监狱高墙外的桃林 / 石立新

路过高墙外的山野时，我们看到了
大片的桃林。"美，最大的来源为美的自身"
对此，同行诸友均无异议。雨后的光，通透明亮
有少量的花苞，在枝条上保持缄默
但更多的花苞在加入，不管春天答不答应
便迫不及待地打开自己
一个集体告别素颜的时代，其实多么需要这些
从丑陋的树身上自然迁徙出来的美
它们近在咫尺，真实，清晰
仿佛天生拥有禁止让春天消失的权利


在省第一监狱，墙是一种秩序
或者敬畏。在春天，桃林也是一种秩序
那让我们变得陌生的，是欲望，让人性倾斜
一再倾斜。自由，最终由美形成
而忏悔，救赎是不可或缺的治愈……

石立新，中国作家协会会员，江西上饶市作家协会副主席。

2024.3.22
星期五

甲辰龙年
二月十三

# 三　月 / 王顺彬

三月，桃花不敢把红色耽搁，柳枝
更深地绿。我捂不紧肉色的天堂，总有那么多
乳白的云朵，从指缝间漏出。而此刻
燕子怀孕，它飞翔时，天空重了几克

　　王顺彬，中国作家协会会员，中国诗歌学会理事，重庆作家协会诗
歌创委会主任。

甲辰龙年
二月十四

## 一树桃花开 / 蔚 宇

我心里的桃花
　　　　开得正艳
尽管外面的雪
　　　　下得很急
有时我们的生活
　　　　好像冬季
心灵里春风化雨
　　　　绽放一树艳丽

你是我心里的桃花
我是唤醒你的春雨
你开着是为了等我
我落下是为了寻你

当我们终于紧紧地
　　　　拥抱在一起
山就穿上了嫁衣
泥土散发出香气
鸟儿们欢歌笑语
天地间充满生机

你是等我的桃花
我是寻你的春雨
……

　　蔚宇，夫妻二人合称，太太润宇，CCTV 全球爱华诗歌枫叶春晚执行主席。2023首届"CCTV 全球爱华诗歌枫叶春晚"总策划、总导演、总制片。

2024.3.24
星期日

甲辰龙年
二月十五

## 三月的海南 / 文　博

三月的海南
春的意境里有夏的意象
夏的果浆饱含春的清凉
莺飞草长
热风撩起少女们的长裙
汗雨打湿小伙子们的长衫
少男少女们的手
已搭在春末夏初的肩膀上

树的枝头，一半萌着嫩叶
一半已经硕果飘香
三月的海南
春天刚踩痛了冬的脚后跟
夏姑娘的时装
已经薄得像蝴蝶的翅膀

三月的海南
有春的萌动
也有夏的灵动

文博，海南东方市人。中国诗歌学会会员，中国金融作家协会会员，海南省作家协会会员。

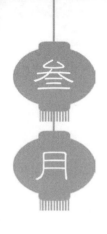

## 春天的绿皮火车 / 吴投文

春天的绿皮火车
在绿野中
辨不出形迹

它循着春天的鸟鸣往前走
留下两行光裸的脚印
缓缓镀亮春风中的眉眼

树木穿过一排排鼓荡的身体
发出流水的声响
把蔓草铺向前方的城池

下一站登上绿皮火车的人
把形迹可疑的心事
捂住车窗远处的恍惚

吴投文，湖南郴州人。文学博士、湖南科技大学人文学院中文系教授。

2024.3.26 星期二

甲辰龙年
二月十七

## 在卓旗山 / 阳　春

岭南的春风与初夏的雨界限模糊
夜深忽梦少年事。突然，一阵强音滚落
尖厉而短促。我应声惊坐起
半晌才明白过来
许是山中有异物坠于屋顶
仿佛是一粒滚石，又好像是一截败枝
或者，是一两颗不知名的凋萎的枯果

此刻，这栋临时借住的半山林墅里
除了弃床不寝终夜躺卧在客厅沙发上的我
还有一只露过两次面后藏匿于主卧的壁虎
两天来，我俩互不叨扰，相安无事

我以困顿之眼，望了望窗外
只一缕极微弱的灰白
从茂密的树枝中透漏下来
世界依然寂静无声，时针尚未指向六点

阳春，四川威远人，现居长沙。《中华文学》杂志主编、张家界国际诗歌旅游协会副主席。

## 我的小溪 / 叶逢平

小溪喜欢跑出山谷，藏到海里
春天了，我得把它找回来

小溪是薯地里出生的
我是来找它的
并带回它的激流，和泥巴

有人告诉我：小溪
每次涌动，浪朵都是房间
住着日子，一些清澈的亲朋好友

找回已不重要。我希望它余生：
在自己的寸土上熠熠生辉
在别人的海里顺其自然

叶逢平，福建惠安人。福建泉州市作家协会诗歌创作委员会副主任、《泉州文学》诗歌编辑。

甲辰龙年
二月十九

## 春 歌 / 张 元

请允许我对春天说出热爱
允许我满身污垢地从黄昏赶来
允许我在春暖花开的时候，谈论爱情
每一声鸟鸣，都是我情书里
一行深情的汉字

请喊出我生锈的乳名，起风时
我总是会低下了头，天空越来越远
那双沧桑的眼睛，被风景不断地洗濯
掌心里皱纹密布，许多熟悉的背影老去
更多的人下落不明

请允许我撕开回忆的裂痕，用双手
打开尘封的家谱，纸面上泛黄的名字
是我古老的亲人，乡愁最深的痛
迷恋从前却被时间所困
流浪的脚印，不知被风吹往了何方

春意傲然，怀乡的人还在迷路
一些蜜蜂走失在玫瑰的腹部
看不见自己的伤口，一条鱼逆流而上
回到了故事开始的源头，春华在梦里
耳畔有大河流

张元，甘肃人，现在香港某高校攻读文学博士学位。

甲辰龙年
二月二十

## 春天，去远方 / 姚　瑶

春天，去远方
只要心里装有远方
就有无限的诗意
滚烫血液里有乡村、田野
霓虹的城市，万家的灯火
黑夜需要你去逐一点亮
一年三百六十五天的约定
一年，要穿烂多少双鞋子
肩膀要磨破多少层皮
只有你自己知道

你在平凡的日子里
站成春天里的一根根电杆
风雨中，经受磨难
其实从一开始，你就知道自己
将来所要承担的责任
你顶起蓝天的太阳、夜幕的月亮
你脚下的远方
已鲜花盛开

姚瑶，侗族，中国作家协会会员、贵州电网文学协会副会长、黔东南州作家协会主席。

2024.3.30　星期六

## 在春天 / 白爱青

飞鸟，在天空中就是自由的吗
那个缓缓走向湖中心的人
他的鳃，微微翕动

落在三月的雪
一定是厌倦的寒冷
它们为了春天，奋不顾身

工人们试图用挖掘机打开春天
解冻的泥土怀想着春天
鸟翅翻飞啊春天
雨雪霏霏的春天

那个走向湖心的人
那个湖边站着的人
都在同一个春天

白爱青，内蒙古作家协会会员，现居阿拉善。

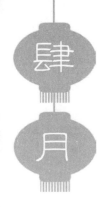

## 独自经历 / 田永刚

这大雾弥漫的早晨
风透过窗纱，送来遮天的讯息
我两手空空，但还是赶上了
混沌又寂静的时辰
一个人的虚无被更大的虚无装满
愚人节的虚无被八点半的鸟鸣装满
天地灰茫茫一片，没有谁远走的背影
也没有多余的辞藻和深意
只有天外的另一束光，隐约隔山而来
我知道，许多的安慰、执念和孤独
一些正在被覆盖，一些将永远离开

田永刚，陕西富平人。陕西省作家协会会员，中诗网签约作家。现居延安。

甲辰龙年
二月廿三

# 江　南 / 李少君

春风的和善，每天都教育着我们
雨的温润，时常熏陶着我们
在江南，很容易就成为一个一个的书生

还有流水的耐心绵长，让我们学会执着
最终，亭台楼阁的端庄整齐
以及昆曲里散发的微小细腻的人性的光辉
教给了我们什么是美的规范

李少君，《诗刊》杂志主编，国家一级作家。现居北京。

甲辰龙年
二月廿四

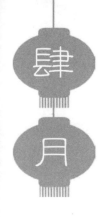

## 在春天诵读心经 /远　岸

在春天诵读心经
让内心万物生长

长出百花芳菲
长出星空万里

曾经生长
即是永生

是生
也是空

是空
也是生

神的狂欢
葡萄美酒在银河之外漂游

向列祖列宗举杯
向地球上的春天致敬
向郊外傲慢的夜晚告别

春风浩荡
请让开
让万物生长

2024.4.3 星期三

远岸，中国作家协会会员，海南诗社社长，《国际汉语诗歌》执行主编，现居海口。

甲辰龙年
二月廿五

## 清明节 / 黄根生

愁风愁雨愁煞人
离节日还有一段日子
天气就这么地识趣起来
十多亿中国人的哀思
给先人，给祖宗，给有智识的先行者
天，必须足够冷
雨，必须足够多
把地面上搅得翻江倒海
把山林羊道下得洗劫一新
然后
就是千年重生，万年常青的清明节了
逝去的都是先烈，英雄，浩然之气
留下的都是清明，坦荡，民主之声
我悠悠五千载的华夏新文明
屹立在世界的东方

一轮崭新的太阳
照遍世界每一寸阴暗的角落

黄根生，笔名阿里。广东省作家协会会员，广东农工商职业技术学院教师。

甲辰龙年
清明节

清明，二十四节气中的第五个节气。一般是4月4日至6日之间的日期，不过最常见的日期是4月4日和4月5日，其中4月5日清明节最多。清明节，是从古代至今中华民族最为隆重盛大的全民式祭祖活动，属于缅怀先祖、追溯前人的节日，是具有丰富的文化内涵的。主要习俗为扫墓祭祖、踏青、拔河插柳、吃青团（清明果、糍粑）、踢蹴鞠、斗鸡等。

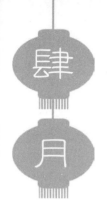

## 清明日 / 西 可

我的亲人，我想我
奔走在千里之外的乡间小路上
我们都是安定的，天空低垂
盛大之后的欢聚永远都是迟来的
我挤在人群中，我像看到了你们
我的亲人，我必会喜极而泣
我们在一条河的两岸，打着哑语
远远地看去，被风卷起
人间万物，它们加速奔跑
放下重量，我们永远洁白无私
有秩序地拉着行李箱
最终乘车离去

西可，原名杨维周，甘肃平凉人。中国作家协会会员。现居西安。

## 春日辞 / 语　伞

野草刚一出生，就在石间打坐修行。
白云换上灰衣裳，是严肃证实
雨水是它们的另一生，另一世。
高飞的旋木雀，从不研究古老的苦难，
带着天光疏影，它们轻盈地
落在了针叶林。

风筝在头顶，孩子在奔跑。
拽紧放飞线的人，
信徒般仰望着天空。
蔚蓝和风已及时抵达。自由在上，
绞盘给予的，
是一种最可靠的束缚。

樱桃树下拾花的人，视花瓣如镜。
香过了，不虚空，枯败
为造物。一地花瓣像一页
新写的文字，经过的人必阅读。
等待鲜红的樱桃在词语间显现，
仿佛在等待
晚春的最后一行脚注。

语伞，原名巫春玉，"我们散文诗群"重要成员。现居上海。

2024.4.6　星期六

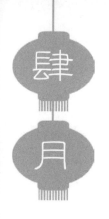

# 桃 子/朱 涛

我要求她有桃子的味道
鲜嫩的小溪流夺眶而出
跳进肉体红色的深海
喷涌岩浆

可以不倾城不倾国
但必须腐烂
沾着泥土树枝的芬芳
下坠
并躺在我的身旁

我不能允许吮吸自己的手指
若无其事
装作从未长大
等待嘴唇的下水道
落下时间的荒芜

克服尘埃的那天
我将藏起身子
寻找你若初见

朱涛，浙江舟山群岛人。香港诗歌节基金会理事。现居深圳。

2024.4.7 星期日

甲辰龙年
二月廿九

## 最美人间四月天 / 祝雪侠

我被笑醒惩罚
原来是花香将耳朵叫醒
花香满屋如梦如幻
仿佛置身于花的海洋

爱不释手
我已被你感动
你是最美人间四月天
粉色黄色南瓜色

你的呼吸感动着我
我的爱滋养着你
我的香水百合
我深深地爱着你

将你刻画在心灵深处
心情像花儿一样灿烂
枕着你的花香入眠
晚安全世界

祝雪侠，中国作家协会会员，中国作家协会中国诗歌网事业发展部总监。

2024.4.8 星期一

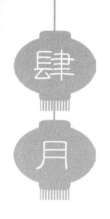

## 石家庄人在原平 / 田　耘

三百公里外仍然是故乡
我们共用着一座父亲山——太行山
共用着一条母亲河——滹沱河

行至滹沱河大桥
同车的原平诗人秀蓉，显然不知道
我来自石家庄，开始热情地给我
介绍"滹沱"二字的写法：
左边三点水，右边是老虎的虎去掉几
"下面是之乎者也的乎"我立刻打断她

在秀蓉惊讶的神色中，我向她
捎来滹沱河下游对上游的问候
捎来雪花梨之乡对酥梨之乡的问候
石家庄的梨花已经谢了，原平的梨花
恰到好处地满足了一个
还未来得及去赵县看看梨花的
石家庄人

田耘，哲学硕士，中国作家协会会员，《诗选刊》编辑部主任。

2024.4.9　星期二

甲辰龙年
三月初一

## 在黄瓜山 / 梅依然

那些白银
在风和光中绽放
——美妙的光影
填满了
田野所有的空洞
和孤寂

梨花树下
婆婆纳蓝色的面孔
朝着未来凝望
并向我投来深深的一瞥

我想
我应该是那一株闪耀露珠的梨花
没有任何野心
在田野的无垠中
自由自在地开花、结果
然后凋谢
没有一个人能认出我

梅依然，中国作家协会会员。现居重庆涪陵。

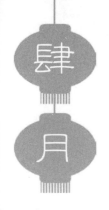

## 鸟语花香 / 吴 涛

鸟语花香是有时间的
在早上6点半到7点
最为繁盛
起码，鸟鸣是繁盛的
有喜鹊有麻雀
麻雀最多，在院子里自语的时间也最长
叽叽喳叽叽喳
至于花香，在这个时间段没打开窗子
是闻不到的
只能想象，四月，外面该开放的花
都开放着
还好，我总在这个时间段醒来
生物钟一样打开窗户

2024.4.11 星期四

吴涛，山西长治潞州区文联主席。

甲辰龙年
三月初三

## 春天里的东四六条 / 杨清茨

巷口一棵高大的臭椿树
它浅绿的枝叶飘下来
碾压廍粉
洒在白色的、黑色的车身
洒在潮湿的路面
洒在下学的眼底含笑浓眉大眼的少年
雪白的球鞋上

两只旅游鞋
沐身后系于铁丝衣架
悬于路旁竹篱之上
日光放养着它的悠闲

那些长身玉立的路灯架上
挂饰一朵朵银色祥云

43 号的圆艺驿站
交换书屋层叠的书本
在花香里交流墨香与美学
红色的珊瑚、紫色的牵牛花、白色的冰菊
米色风车茉莉、浅绿的绣球……
春风——递上轻吻
百花醒来
四月的长巷沸腾着锦绣的幸福

杨清茨，中国作家协会会员，中国文艺评论家协会会员，中国诗歌
学会会员，中华诗词学会会员。

2024.4.12　星期五

甲辰龙年
三月初四

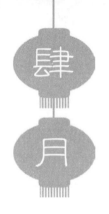

## 打开春风 / 冰　虹

我打开第一场春风
看到了蔚蓝的景象
万物正被照亮
酒神的杯盏漾出光明
流浪的诗神目光清澈
　　　清流流淌

我打开第二场春风
天空的汪洋养活的星星
滋生幽亮
虹偷藏的春色繁茂新鲜芬芳
那被埋葬的清泉水又复苏了
　　　叮咚作响

我打开第三场春风
月色清澄　绿意葱茏
四月的鲜花抬起头
睁开亮晶晶的眼睛
美　　爱　　自由
　　　呼吸通畅

　　冰虹，中国作家协会会员、中华文化促进会会员、山东济宁市作家协会副主席，曲阜师范大学文学院研究生导师。

2024.4.13 星期六

甲辰龙年
三月初五

## 村 庄 / 湖南锈才

日子咳出一团团的炊烟
那是村庄的信息发射塔

阳光是纯金的
蒸水河是纯银的
初春村庄用桃花李花做头饰
暮春扯起一块块的油菜花做衣裳
黄得晃眼。有蜜蜂在演奏小型音乐会
夜色覆盖我的膀子村
星光存在巨大的秘密和悬疑
那棵百年古枫上的鸟窝和鸟宝宝
来自哪里
夏夜有人在村庄念经
有人看到瓜棚上一个红脑壳鬼，扑通一声
砸碎一池星星和传说
奶奶的蒲叶扇摇着摇着，摇出了鼾声
月亮烂醉如泥，细伢子抖着薄被
不知嘟囔着什么
村庄和娃儿同时伸了一下懒腰。

湖南锈才，原名曾昶，媒体人。现居广西玉林。

2024.4.14 星期日

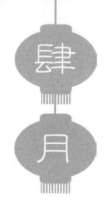

## 抵达一杯春茶 /龚　刚

遥遥相对的树枝，在每一次雨后
握住彼此的树叶
长满青苔的石头下，溪流漫过水草，
从树影中区分明暗

浮萍静止于湖面，
即将凋谢的梅花，无意委地
等待吹落花瓣的风

风声一直都在
每一个港口都能听到

风浪越大，<u>鱼越贵</u>
人间的传说，旋起旋灭

遮阳伞下，露天茶座重温聚散
反复操练的记忆，从未越过翁家山

辨认每一棵树，每一朵花
在暮色来临前
抵达一杯春茶

　　龚刚，澳门大学中文系教授，南国人文研究中心学术总监，澳门比较文学学会会长，《外国文学研究》编委。

甲辰龙年
三月初七

2024.4.15　星期一

## 四月中旬，去登壶瓶山 / 张奇汉

春天来了　去登壶瓶山
这是我的家乡　也是湖南屋脊
当然也是楚国的河山
屈原来过这里　宋玉也不用问
还有李白
现在我们三人就像三角　非常紧密
为了日出　先宿山腰
再学鸡鸣
山上有虎　我们就吼
再有打火　也可壮胆
然后就喊　屈原你在哪里？
玉也为何不来？
李白如瀑　只在桃边　虽有桃花　却被流放　天还未亮
又怎能见？
于是又喊山下　好多的亲人
多么安静　都还在睡
到了山顶　大风如虎　日不见暖　冷得发抖
才像感到是种恐惧！

张奇汉，湖南石门人。出版诗集一部，编著多部。

2024.4.16 星期二

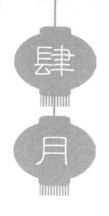

## 梨海雅望 / *海清涓*

伫立一片海，凝视一片海
听画眉与青虫耳语
做一朵梨花，真好
用简单的颜色，开纯粹的花朵

每一朵梨花，都是一朵雪浪
有一对隐形的翅膀
一朵梨花与一朵梨花的分聚
就是一个词语与另一个词语的往事

在梨海留影的女子
每一位的网名，都叫梨花
红梨花、黄梨花、绿梨花、蓝梨花、青梨花、紫梨花
每一朵都是无瑕的青春
春风一舞
她们就要飞起来

海清涓，四川资中人，中国诗歌学会会员。现居重庆。

2024.4.17 星期三

甲辰龙年
三月初九

## 谷雨前夜 / 砚无税

如梦似幻的夜
把我丢进开向四月的火车

掠过一段废墟
凝视一支吹老岁月的长笛
别离，酿成一枚又甜又酸的山楂
雾气漫向黎明
夜不能寐
试图用回味打开某个情节
任发酵又发酵的故事点滴流淌

今夜，为你放歌
今夜，为你漂流
期许的明天是否回放
你手上握着的余温
你额上刻写的热忱

谷雨前夜　归去来兮
此刻，田野青青，流水淙淙
是我打扮自己最美的背景
趁信使来临之前
赶紧开启思绪的门牖

砚无税，原名蔡勋，中国作家协会会员，江西九江市作家协会主席。

2024.4.18 星期四

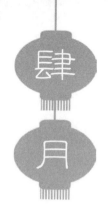

## 谷 雨 / *如 风*

这个春天，不谈悲喜
不谈西部荒原漫长的冬天
也不谈吐尔根怒放的杏花在大雪中的忧伤

谷雨之后
酥油草挺直了腰身
滔滔的奎屯河祈福这人间——
风调雨顺，万物生长

如风，中国作家协会会员，现居新疆。

甲辰龙年
谷 雨

谷雨，二十四节气中的第六个节气，于每年公历 4 月 19 日至 21 日交节。谷雨是反映降水现象的一个节气气，谷雨节气后降雨增多，空气中的湿度逐渐加大，非常适合谷类作物的生长。

## 扫 春 / 李晓光

四月的小区
香樟树一边发芽一边落叶
一位身着灰色物业服的老人
每天开始清扫起了春天

扫得那么认真
生怕给春天留一微斑点
那些有根的扫不动的绿
就留给春天

每扫一晨
时光就在眼前老去一寸
他要为那些不幸者
扫开一条通往春天的去路

那些落了的就再也无法捡起
把那些变色的腐烂的落叶
一一扫去
就是老人的生活

李晓光，陕西省作家协会会员，《安徽科技报》编辑部主任兼副刊编辑。现居合肥。

2024.4.20 星期六

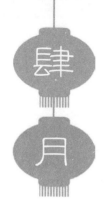

## 人间四月 / 黑　多

四月开花，芍药、蔷薇
丁香、杜鹃，浅粉、淡紫、月白

走在山间，虫叫唤醒鸟鸣
山果落下，并非我们穿过自然
而是自然穿过我们

　　黑多，原名程潇，安徽黄山黟县人。中国诗歌学会会员，安徽省作家协会第六届新文学群体专业委员会委员。

2024.4.21　星期日

甲辰龙年
三月十三

## 春之盛宴 / 黑骏马

春天一到
那些桃花　杏花　梨花
自发，从四面八方陆续赶来
参加聚会


规矩，永远一成不变
组织者：叫作春天
会场地点：山坡，地头，田野
会场背景：一幅多彩多姿的山水画


黑骏马，原名白宝良，山西长治诗群重要成员。

2024.4.22　星期一

甲辰龙年
三月十四

## 新山村 / 王晓忠

景色让人眼前一亮
曾经的凋零，衰败，烟消云散
它执着传递的信任与爱
无法复制

村道蜿蜒，足下石子的排列毫无规则
浑然不知悲喜
离去的人早已决绝离去，义无反顾

好像传来号角声
鹿境山下，一座浑身不一样的村落
透着清凉，日子闲下来
在这里，尘嚣渐远
彼此亲近，不再妄谈世俗
与世无争的姿态，新山村
你让我看见了春天之美

王晓忠，广东省作家协会会员，汕尾市作家协会诗歌创作委员会副主任，汕尾市诗歌学会副会长。

2024.4.23 星期二

甲辰龙年
三月十五

## 高铁，穿家山而过 / 谢华萍

这些年，妈妈做梦都想不到的事很多
比如，一列列高铁从家山里面穿过
妈妈一辈子窝在大山里，从没出过远门
自然不懂火车、动车和高铁之类的事

我们总是跟妈妈形象地描述——
高铁呜呜叫着，像一条舞动的长龙
有时也呼哧呼哧喘着粗气
就像一头永远不知疲倦的老黄牛

我们总是劝妈妈去坐坐高铁——
说山脚下不远就有个漂亮的高铁站
往南可去广州深圳看看务工的儿女
往北可到上海北京看看读书的孙子孙女

可是，妈妈总是说老了走不动了
总是问，家山被掏空后还有龙脉吗
我们说有的，您看那漫山漫坡的春天吧
您看我们走南闯北的山里孩子吧

妈妈还是固守着家山，哪儿都不去
还反复叮嘱我们，她死后就葬在家山上
说是可以听到高铁穿山而过的声音
说守住了家山就守住了我们成长的根

谢华萍，笔名夏蕾，江西万安人。参编出版多种丛书。现居江西吉安。

2024.4.24 星期三

甲辰龙年
三月十六

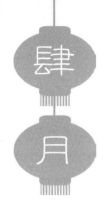

## 颠　簸 / *浪行天下*

它们像漩涡，瞬间打开而又旋即闭合
它们像群峰，连绵崛起，又迅速低下头
它们像亡魂，一一在清明前后闪现
然后又消失在丛林中

它们是我内心无尽的忧伤，骑着一匹匹快马
浩浩荡荡地
颠簸行进在人群的缝隙中

浪行天下，原名陈志传，福建惠安人。中国作家协会会员，福建惠安县作家协会主席。

## 春游鸬鹚烟雨 / 毛江凡

远山如黛，薄雾成纱，春雨似帘
若隐若现的江口廊桥，长虹卧波，古意盎然
鸬鹚烟雨名不虚传，她是写意水墨画
桥上，来自远方的客人，凭栏而立
他们的心绪，被春意摇醒
他们的眼眸，被一种久违的纯净涤荡
此刻，世界不染纤尘
萍水河与麻山河在这里相聚
水面如镜，映出了春天的旖旎

而我，在江口廊桥的椅子上坐下来
我只想静静地坐着，等待暮色的降临
春雨淅淅，听雨如听天籁之声
望着雨在江面上织出一圈圈的涟漪
守着一壶清茗，轻啜，半寐，别梦离
那时隐时现的半两轻愁
早已经烟消云散，更不必轻易提起

毛江凡，中国作家协会会员，江西省作家协会理事，南昌市诗歌学会副会长。

2024.4.26 星期五

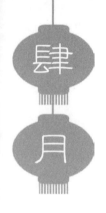

## 四 月 / 一 梅

四月来了
昨晚的暴雨
让庭院里的朱顶红
映山红
红牡丹
用更加的火红摇曳着身子
窗边的柚子花素得不起眼
也已洗去长夜的黑暗
它全身散发着好闻的清香
它点点头
向早起的我
递来第一个银子的眼神

打开门
迎接叩响门环的清风
四月，你好！

一梅，原名易敏，80后诗人。现居湖南娄底。

甲辰龙年
三月十九

2024.4.27 星期六

## 流年与你 / 肖 扬

初见缱绻
她太美丽，春光的拂弄里
风云舒卷
拨乱了琴弦
总像待嫁的如花少女
含着未被开垦的神秘
那天 这一世的牵绊
触动了谁的心弦

岁月流逝间 问今夕又何年
她太温柔，弹指间的繁花
开落多少遍
不管是迷幻的音容笑靥
眉目间留着对谁的思念
谁都想留一片桃花
了却这浮生夙愿

人间烟火寥寥
衷情却难诉
回忆绵绵深藏风霜雨雪
情爱点点花事开到荼蘼

肖扬，江西永新人。青年诗人，现居湖北。

2024.4.28 星期日

甲辰龙年
三月二十

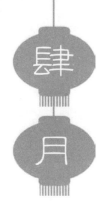

## 懒　春 / 上官文露

北方的春
是异常干燥的
树叶打着卷
耷拉在枝头上
未老先衰
也不知是要蔫死在枝头

屋子里
有一些家具开始干裂
那把椅子是留给他的
就一件
也许他余生里能用上

那个人用力活着
活得妖气熏天
烟雾缭绕
但有一把椅子是给他的

上官文露，文学博士，首届梁晓声青年文学奖优秀中篇小说首奖获得者。现居沈阳。

2024.4.29 星期一

甲辰龙年
三月廿一

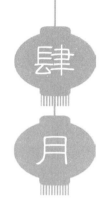

## 麦里芝蓄水池即景 / 舒　然

水面如镜
碧波微漾
有诗在湖心诞下时光之卵
翠微溢出深沉的绿
云彩在空中构筑梦幻庄园
候鸟吹响自由的短笛

当风声掠过麦里芝
思绪与蛰伏的生命同时苏醒
我看到涌动的春意
正排山倒海而来
蓄水池等待着第一场雨水
在城市人的睡梦中翩然而至

舒然，江西人。《每日一诗》编委。现居新加坡。

2024.4.30　星期二

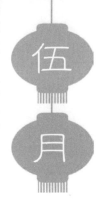

## 五一节致敬田间的劳动者 / 李林林

五一劳动节
我回了趟乡村老家
太阳也有些不安分
炙烤着田地里
一群群弯腰曲背
忙碌耕种的庄稼人
放眼望去
田间地头，弓背劳作
是你们最美的姿态
你们在大地上描绘着一幅又一幅
美丽祥和的劳动画卷
怎能不令人肃然生敬

你们不辞辛劳
耕种幸福的种子
编织甜蜜的生活
期盼入秋后
收获许多金黄的喜悦

暮色褪去晚霞
逐渐变得浓重
你们忙碌到夕阳西沉
此刻暮归的你们
给这个节日留下了最美的身影

李林林，江西永新中学教师。新江西诗派成员。

2024.5.1 星期三

甲辰龙年
三月廿三

# 再大的容器也装不下这一山的朴素和盛大 / 姚江平

用怎样的词语和诗行来描述我心中的赞赏
春风缓缓地刚爬过山岭，一抹一抹的翠绿
就牵着一地的幸福，汪洋恣肆，大张旗鼓

再大的容器也装不下这一山的朴素和盛大
再美的言语也难讲述这一地的壮美和辽阔
再高的境界也在这自然的风景里沉醉臣服

万物生而有用，大山如此深情地召唤内心
大地轮回有序，麦苗的葱绿昭示青春万岁
人生云烟袅袅，唯有时光可留下一行沉默

姚江平，中国作家协会会员，中国法官文联理事，山西省作家协会
诗歌专业委员会副主任，长治市作家协会副主席。

2024.5.2 星期四

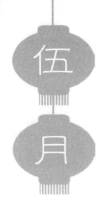

2024.5.3 星期五

## 在昌邑王城遗址 / 洪老墨

鄱阳湖，拉长了两千多年的距离
也拉近了我们的视线
泥泞的田埂，蹒跚了远道而来的步履
站在春阳下凝视
不规整的田块，几乎掩盖了它的身世
几块残砖，几片破瓦
似乎在昭示着当年王者的荣耀

宫廷的争斗，早已湮没在岁月中
今天，我们在昌邑王城遗址
听到了历史的心跳
也听到了阳光穿透泥土后的地下哭泣

曾经，这个见证了鄱阳湖文明的国都
不知在何时逐渐地消失了
穿过遗址，期待发现它的失踪之谜
因为再神秘，总会有揭晓的那天
也总会有复原的新颜

洪老墨，原名刘晓彬。中国作家协会会员、中国文艺评论家协会会员，南昌市作家协会副主席、南昌市文艺评论家协会副主席。

甲辰龙年
三月廿五

## 蝴蝶兰 / 三　泉

一株草收留了迷途的蝴蝶
它的振翅，刚好覆盖一朵花的边沿

蝴蝶兰，当我写下你的名字
万籁俱寂。春天流下了
第一滴泪水

自然的主啊，
请在我手臂上种植青苔
在我耳朵下生长贝壳
请给我装上麋鹿的眼睛、绵羊的心

"或许，万物曾开启嫁接功能"
我的幸福是：世界之美，远超我的想象
而你，却对此一无所知

三泉，原名闫福泉，河南卫辉人。中诗网签约作家。现居贵州。

## 立 夏 / 曾春根

客厅里的摆设多年未变
沙发、茶几、电视柜
仙人球、万年青、龙舌兰
电视整天黑着屏，安安静静
昨夜的茶水冰凉
客人远走他乡
父亲的座位空了九度春秋
龙舌兰的叶边依然镶嵌着金黄
满头带刺的仙人球内心柔软
万年青的枯荣预示着衰旺

轻轻推开朝南的小窗
浅薄的西南风挤入了厅堂
壁灯下的挂历晃晃荡荡
春困、苦夏、秋愁、冬寒
无论是风和景明还是雨雪风霜
一页一页翻过后皆不知去向
而那些煎熬的岁月
弥漫了整个拥挤的书房
摘下暮春的最后一片新叶
含在嘴里慢慢品尝……

曾春根，笔名寒江雪。中国诗歌学会会员，福建省作家协会会员，明溪县作家协会主席。

2024.5.5 星期日

甲辰龙年
立 夏

立夏，二十四节气中的第七个节气，夏季的第一个节气。于每年公历5月5日至7日交节。立夏后，日照增加，逐渐升温，雷雨增多。立夏是万物进入旺季生长的一个重要节气。时至立夏，万物繁茂。

## 立 夏 / 格 风

看看窗外
清水洗过的河滩
来不及翻译的
水边的房子
街道，商铺
书中的南方小镇
缠绕如青藤
和蔷薇的爱情
那么多碧绿的青草
在水上漂
船过南长街
一盆清水里的
苦艾和鸡蛋
仿佛已是旧梦
布谷鸟，在自己的叫声里
打听你的消息

格风，诗人，媒体人，中国作家协会会员。现居南京。

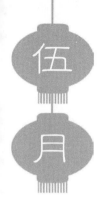

## 初 夏 /谭 明

背日而坐
我在细嗅指上的雀声

花朵正放弃最初的抒情
爱默默结成青青的籽实

洁净的地面
布满回忆的影子

远处，白云无话可说
仿佛最好的逗留

这是没有斧痕的时刻
我看见了真正的树枝

谭明，重庆作家协会会员，现居重庆涪陵。

2024.5.7 星期二

甲辰龙年
三月廿九

## 风吹麦浪 / 北 乔

心里有条回家的路
再苍茫的荒原，也有家的感觉
在最深的夜醒来，明亮总在
不需要日月星辰，自己就是一盏灯
微笑里，欢愉的音乐轻轻走来

不需要自由自在地飞翔
双脚才是生活最诗意的翅膀
迎面而来的，都是爱情一样的拥抱
黑夜如墨，河流从不会迷失方向
梦，也能与现实结伴而行

把故乡背在身上，童年紧随其后
或者，在眼前蹦蹦跳地哼着儿歌
风吹麦浪，麦浪追着风
别看，别听
把灵魂想象成风，或做一株麦子

北乔，中国作家协会创研部副主任，中国作家协会会员。现居北京。

2024.5.8 星期三

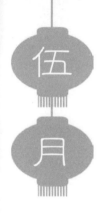

## 山林初夏 / 多　兰

寂静山林，布谷鸟的咕咕声唤醒了世界的沉默
接着狼的嚎叫、驯鹿的奔跑声和我的脚步声……

没有人愿意停下，我深入林中
豹子的心，在树冠上歌唱
风的舌头，舔着狼毒草
大树的枝上，长满会说话的树叶
一只雄蜂落在金莲花上

此刻你可以闭上眼睛，你想要的
不是信仰，是木质的翅膀
和丝绸状的飞翔，拖着
一把长长的剪刀
修剪山林初夏

山道延伸着，用于描述某个过程
我探出树丛，把远山近修成凭栏的风景
等着人，走过去
我听到了人的语声、钟声
大路，小路在山间出没
时断时续，有些缥缈

多兰，原名齐海艳，蒙古族。中国诗歌学会会员，内蒙古作家协会
会员，通辽市作家协会副秘书长。

2024.5.9　星期四

甲辰龙年
四月初二

## 惠山寺的金莲 / 安娟英

花季亘古如常
唯有朵朵金莲花
一半隐匿清清二泉水
选择鹅黄素雅的花心
一半孤寂暗自蓄芳
选择最迷人的娇艳
缕缕清香相映金风
幽幽、淡淡、清清
送归无数苦行人
五月最柔情的温馨

"五台佳种迎薰到，
布地黄金是泽芝。"
一湾碧池古色古香
轻轻摇曳人间繁华
古桥洞下花影迷离
凝视御碑亭，叩问弥陀
今夜，是谁把一湖金烛点亮？

安娟英，中国作家协会会员、西北大学丝绸之路国际诗歌研究中心副主任，华语诗歌春晚副总策划，《中华诗园》主编。

2024.5.10 星期五

## 鸟语细碎，像一串逗号落在地上 / 何佳霖

天很干净，鸟语细碎，像一串逗号落在地上
风像一把刷子，把空间延伸出去
没有迷迭香 没有你 我的梦境空无一人
废弃的园子里，
一朵类似玫瑰的花，开得很认真
我成了看花人


何佳霖，笔名度姆洛妃。中国作家协会会员，香港女作家协会会长。

甲辰龙年
四月初四

## 五月，给母亲 / 江 合

我童年的欢笑
在你手心淡淡的纹路间
流淌
欢快得 像月光

那个哇哇啼哭的我呵
那个咧嘴大笑的我呵

奔跃着

跨过母亲手上深深的
沟壑

江合，清华大学本科生，海南省青年作家协会主席。现居北京。

2024.5.12 星期日

## 五月：在飘落的梨花中捡拾月光 / 刘功业

只是一次不算太迟的艳遇
梨花就收留了春光
只是一场风雨，残月就落满山塘

似乎是你的回眸，又似乎是那棵丁香
无意中，那些漫天飞舞的相思
把所有缠绵的哀痛，都寄托在你的身上

梨花带雨。是一个摆不脱的魔咒吗？
就像一个爱字，没有彻骨的伤痛
洋洋万言，也一定写不好人生苍茫

流水中，读出一瓣落花的快乐
在飘落的时间里捡拾月光
然后，用梨花煮酒，酿出千古的醇香

刘功业，中国作家协会会员。文学创作一级，鲁藜研究会副会长。现居天津。

甲辰龙年
四月初六

## 香炉山杜鹃 / 彭　桐

花，从花骨朵到激情绽放
正好是人由无意中思念到立于花眼前的过程

山峰互颔首示意，人花互含笑相看
这是午后有雨的上午，雾生起正是时候
刚好把沟谷深渊填平，把恐惧排遣
赏花人走悬空栈桥如平地漫步
无险可忧，更安心与花私语

人怀真情，山含深意
彼此交出内心的隐疾
于人，一次投身为灵魂的洗涤
于山，一次接纳是博爱的表达

听人语，看雾舞
不言大自然是高明艺术家
我只在心底说——
默守高山的杜鹃花
年年一次极短暂的开放
都是山神女儿整妆出嫁

彭桐，安徽人。海南省作家协会副秘书长、海口市作家协会常务副主席、海南诗社副社长。

甲辰龙年
四月初七

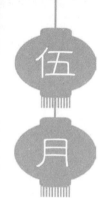

## 初夏的记忆 / 吴传玖

沿着雨季
沿着黄昏
风轻轻地飘过
树叶就盘旋起来
像野外的季风
是你的呼吸
像明亮的银月
是你的眼睛
你的世界
是童年记忆的封面
一个二十岁的太阳
淡红地　在你心中的棕榈树上
默默地栖息……

吴传玖，笔名雨石，西藏军区原副政治委员、少将军衔。中国作家协会会员。现居拉萨。

甲辰龙年
四月初八

## 金佛山遇猴 / 徐　庶

入夏，向一座叫金佛的山问路
佛不点头，一条阳光大道
不敢指明方向

只好投食于树，向树掷去
一把玉米，树
瞬间伸出手来

当饥饿成为替身
潜伏枝头的，貌似果实
实则一只猴

大隐于树，替树享用雨露荣华
偶尔也代树发声

突然间，一张似曾相识的人脸
向我袭来

　　徐庶，中国作家协会会员，重庆作家协会全委会委员，重庆对外经
贸学院客座教授，重庆市地质作家协会主席。

2024.5.16　星期四

甲辰龙年
四月初九

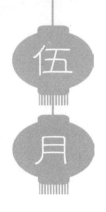

## 五月鲜花，只热爱鲜红一种 / 茶山青

与生俱来活跃的五月
都追随日月跑过
听过五月最火的词语
是红五月，五月开门红
见过五月开花开得最鲜最红
是五月花红　十月籽红
开在堂屋门前院子中心
成就你我观念中的国花

五月闹春耕闹开门红
就在火候上开花火火红红
叫你我的精神与心情
在五月红起来热起来激烈起来
五月盛开的这种花叫石榴花
你我爱她的花色与品格
花是乡花、县花、中国花
果像家乡像祖国，所有籽粒
像家乡人民与全国人民
紧密挨成一团，甜甜蜜蜜

茶山青，云南诗人，现居大理。

2024.5.17　星期五

甲辰龙年
四月初十

## 黄桷兰 /语 泉

母亲来电说
院坝移栽的黄桷兰高过肩膀

猜想是土壤的肥沃
母亲躬腰的虔诚，给予它生长的力量

不久母亲发来微信
黄桷兰快漫过屋檐，它已长出花苞

阳光从天空倒下来，我在田埂上接住
五月的枝叶繁茂

母亲用微笑摘下刚吐露的芬芳
我久久地站在黄桷兰身旁

仿若自己就是这株黄桷兰
一直活在母亲的牵挂里

谭廷勇，笔名语泉，中国诗歌学会会员，南充市作家协会副秘书长兼创联部主任，南充市作家协会税务分会主席。

甲辰龙年
四月十一

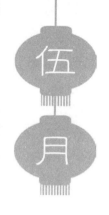

## 五月的麦田 / *房建武*

五月的麦田，静静地枕在沂河的臂弯里
像个跑累的孩子，躺在妈妈的怀里小憩

五月的风吹来甜蜜的梦境
紫色的桐花宣示着浪漫
白色的槐花在翩翩起舞
那些不受待见的杨絮，也化成蒲公英的小伞
装作与春天惜别

五月的麦田，齐刷刷地站立在蒙山的胸膛上
就像大青山上那些挺拔的白杨树
随时接受时光的检阅
锋芒毕露的麦穗，似乎还挂着霜雪的痕迹
朴实的理想依旧在金色的远方

五月的麦田
追逐着我不曾远去的童年
像时光隧道里的歌手，演绎着关于麦浪的歌谣

漫山遍野黄色的苦菜花呀，我该是哪一朵？
麦田里飞进又飞出的小麻雀呀，我又是哪一只？
或许，我只是在田埂上
负重前行的那只小蚂蚁

房建武，山东省作家协会会员，青岛海兰文化传播有限公司董事长。

2024.5.19 星期日

甲辰龙年
四月十二

# 小 满 / 罗启晁

年其实也是分时代的
小满时代的年
是五月时江南烟雨中的少女——
她的轮廓逐渐丰满
她的腰肢像柳枝一样
在五月的风中摇摆
她的脸蛋日益圆润
她身上散发出的清新的气味和
她脸颊上杨梅一样的红
迷晕了无数的人

罗启晁，中国诗歌学会会员，江西省作家协会会员，庐陵文学院副院长。

2024.5.20 星期一

甲辰龙年
小 满

小满，二十四节气中的第八个节气，也是夏季的第二个节气。于每年公历 5 月 20 日至 22 日交节。小满之名，有两层含义。第一，与气候降水有关。第二，与农业小麦有关。这个"满"不是指降水，而是指小麦的饱满程度。

## 小 满 / 谭 滢

这一天，请收起你的锋芒
把一颗心缩进一个核桃的壳内
攒入掌心。请收起膨胀和欲望
月亮的盈缺，花朵的绽放都掐着
最好的节点
麦子们张着小嘴
小，暗藏玄机。有着无限的张力
它是一切事物的基底
是一切盛大、繁华、形容词的雏形
小就是忍耐，小就是等待
天地辽阔，雨水丰沛
慷慨的雨啊，万箭齐发
美好的事物，经常藏匿在动词之后
你看，那碧波万顷，麦粒渐满若绿色珠玑
绵延江山万里
而一枚小词也在虚拟的时空禅定

谭滢，中国诗歌学会会员，河南省作家协会会员。

2024.5.21 星期二

甲辰龙年
四月十四

## 五月的雨 / 林杰荣

五月的雨
从你心里落到你眼里
有人恰好推开一扇窗
与你相隔几片花瓣的距离

雨水沿着阳光滑落
一条条晶莹剔透的温暖丝线
是春天还没有织完的网
风儿轻轻拨弄几下
立刻粘上了你的脸庞

它要捕捉微笑，捕捉
一切新生的，明亮的事物
天空此时愈发苍茫
淡淡蓝色仿佛泄露了你的心事
开花，落花，又怎么能做选择呢
不过是心中那场雨还没下完

林杰荣，笔名林邪云，浙江宁波人，出版诗集6部。

2024.5.22 星期三

甲辰龙年
四月十五

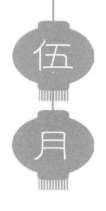

## 与荷花对视 / 凌晓晨

我只能与你对视，从岸边到水面上
目光触碰彼此的敏感，凝结时光的娇羞
用芬芳浸透我的想象，在骄阳之下
相信自己，生如璀璨的夏日之花
抚平心跳的负荷和呼吸的紧张，赴

你的一面之约，在你的莲叶丛中躺下
痴迷的眼睛，流连人间矫作的形象
展开粉色的花瓣，托出花蕊之内
一片嫩黄绿树浓荫，倒影入塘，端坐
一朵莲花蓬勃妖冶似火的欲望， 让微风穿过

我只能与你对视，从水面延伸到岸边
波澜一样的目光，仿佛听见采莲人的歌唱
我会变为你吗？在娇羞之时知道
拒绝的慌张
撩人心弦处停止，静观欣赏风物

凌晓晨，中国作家协会会员，中国水利作家协会诗歌委员会主任。
现居陕西咸阳。

2024.5.23 星期四

甲辰龙年
四月十六

# 钟 声 / 钟 灵

山寺传来钟声，它的余响
仿佛一串越来越大、越来越空的省略号
黄昏里的落日、大海、树木和小路
都在余响里泡着

初夏的落日分割了它的光芒
最大的那份归大海
小份的，属于秋叶、飞鸟和牛羊
而怀抱碧玉者，皆可揣走一整个落日
直到最后一个落日被带走

我爱无数明与暗胶着的黄昏
以及逆着光黯然离场的人
而我，还没写完一首赞美诗
天就黑下来了

钟灵，原名屈金华。陕西咸阳诗歌学会会员。

2024.5.24 星期五

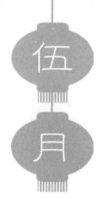

## 古渡夕照 / 张 凯

传说
姜子牙一竿子
从渭水里
钓出了一个可以斩妖封神的王朝
从此，灵气逼人的渭河
逼出了八百里丰沃的秦川
逼出了大秦古都
逼出了盛世
逼出了十三朝皇城
三千年
水袖长舞，直至把两寺渡或者文王渡
舞成关中山水长廊咸阳入口处

仪祉广场
李先生一个人的黄昏
他背手夕阳，凝视着五月的南山
他指点过的水
温润如玉灌溉着又一出盛世

张凯，陕西礼泉人，咸阳市诗歌学会副秘书长。

2024.5.25 星期六

甲辰龙年
四月十八

## 五月青城 / 银　莲

空门之外
路遇千年红豆
细雨扑面
泰安古寺晨钟暮鼓
也染上了相思

青城后山
用绵绵细雨掏空悲伤
文殊阁用传世书香挽留脚步
十年之殇
疼痛开出花朵

炊烟是山居人家灰色瓦片
放飞一朵朵祥云
流水是邻家小女子
光着脚丫
在山林间撒野奔跑

通灵山谷
路遇一树玫瑰
桐里山探出半个腰身
临水照花

　银莲，中国作家协会会员，成都文学院签约作家。华语诗歌春晚成都分会场总导演。

甲辰龙年
四月十九

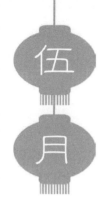

## 雨 天 / 谢艳平

一杯晴朗的花茶
抚摸疲惫的双眼
用叹息片成的轻盈
飘进五月的雨帘

蝴蝶在印着泪痕的窗棂上飞
嘈杂的记忆被自动隔离
自然的选择 将碎片复活
携我走过故乡的小山坡
野莓跟鸟鸣
开出成熟的动画

将耳朵竖在透明的早晨
心形的呓语
在潮湿的季节绽放
流浪的影子抵达小河
刚出生的 善良的云朵
笼罩住长满爱情的鱼群

谢艳平，笔名乡芎，中国诗歌学会会员，广东省珠西诗群成员。

2024.5.27 星期一

甲辰龙年
四月二十

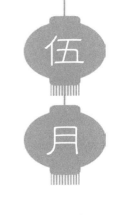

## 寻找另一种丁香 / 梁甜甜

花苞在等它的夏天，
芳香在寻它的驿站。
文庙的红墙在聆听它的钟磬，
阳光抚上雨后的窗棂，
琉璃瓦俯瞰
这香火缭绕的人世间

若是暴风骤雨光临
便站在生命的顽强里，把五月的
坚韧给它。聚众小而成大器
寻找另一种丁香
诗意，根植于平凡的琐碎里

梁甜甜，黑龙江哈尔滨人。中国作家协会会员，黑龙江省作家协会全委会委员。

2024.5.28 星期二

甲辰龙年
四月廿一

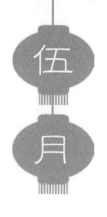

## 江河·夏天 / 刘旭锋

要像河床里的石头一样
摒弃自己
把棱角丢到风里，丢到浪里
然后用时间的桨叶
将其敲打成泥

神灵和山川相互歌唱
每一条运动的河谷
把草木和人
连接在一起

那些远古而伟大的观念
扶着文明的墙壁
在红色的宫灯下
被人诵念成经

刘旭锋，中国金融文联会员，四川省戏剧家协会会员，四川省诗歌学会会员。

2024.5.29 星期三

甲辰龙年
四月廿二

## 祖母变成了杜鹃鸟 / 鱼小玄

月轮如一片琉璃，我的祖母在春夜
如一只杜鹃鸟扑翅回返

山乡陈屋荒瓦，老村披起厚厚夜雾
雨水敲击在旧钵盆里，瘦枝的野杜鹃花
后山溪泉、青石板井沿、竹簸箕

莳禾人循着蛙声往田间去
他驼背苍老，将扁担挑两筐山色
山色黛沉，他消失在亘古的时间田埂

三五声杜鹃鸟在唤唱了
松茅与竹壳在灶膛，酿酒人脸颊梨涡
她浸米蒸米时，酒歌也唱三五声

老屋的木楼梯传来"蹬蹬蹬蹬……"
祖先们的魂灵也纷纷回返

银饰叮当的山乡女孩，花布条镶作衣边
我小时候，祖母曾依稀对我
描述过自己从前的模样

群山茫茫遍是野杜鹃花，每一只在唤唱
杜鹃鸟的前身，"咕咕……布谷……"
是曾做过祖母的山乡女孩

鱼小玄，江西作家协会会员，珠海南国凤凰诗社副秘书长。现居广州。

2024.5.30 星期四

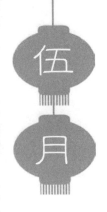

## 五 月 / *西部井水*

窗外的色彩，逐渐高涨起来
五月，我有紫罗兰和半间房子

从很早以前，就选择了辛勤地劳作
并在时间里驻扎下去

今天，要学会看云，膜拜天空
抬头迎接雨水，收获大批阳光

把心里仅有的爱，做成花朵的模样
逐一送给，遇到的人和事

西部井水，陕西诗人，现居咸阳。

2024.5.31 星期五

甲辰龙年
四月廿四

## 童 话 / 蔡 静

大树一圈又一圈的年轮
藏着太阳的秘密
风孩子一到
银杏树上便长出了许多金色的童话
淘气的风娃娃刚一伸手
童话便长出了翅膀
变成了一只只蝴蝶
飞到四面八方去了

风孩子追着蝴蝶
一路上欢快地叫着
蝴蝶飞呀飞
落到了大地妈妈的头上
变成了美丽的蝴蝶结
风孩子顺手拾起一枚
童话从此在她的心中生根、发芽

蔡静，辽宁省作家协会会员、中国寓言文学研究会会员。

2024.6.1 星期六

甲辰龙年
四月廿五

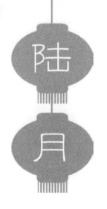

## 夏日茶卡 / 雁　西

夏日的茶卡是最美的，也是最热的
阳光便灼红你的脸
但也挡不住你前往这面天空之镜
谁不想在这里好好照一照
看清天空的模样，看清自己的模样
和自己最爱的人
和自己最好的好闺蜜，带上红色的衣裙
和纱巾，这一趟挥舞青青的姿态
证明美是每个人都可以拥有
站在盐湖水面
会有两个天空，两个自己
清澈，透明，最好的天空，最好的自己
到了茶卡，你发现了人生的秘密
我们的生活，茶卡早有预言和真言
生如茶卡，多姿，心如茶卡，无瑕，
爱如茶卡，无憾

雁西，中国作家协会会员，中国诗歌学会副秘书长。现居北京。

2024.6.2 星期日

甲辰龙年
四月廿六

## 六月的味道 / 车延高

锁在深宫人未识
其实是季节导演的一个错过

黄皮上市
怕热的你哦！恰恰离岛了
味道好极了
没能品尝就是一种遗憾

暖暖！痖弦笔下一个可爱的姑娘
暖暖！在海南就是火辣辣的六月

六月有六月的味道

一种叫黄皮的果实在枝头摇曳多姿
等你

车延高，中国作家协会会员。鲁迅文学奖获得者。现居武汉与海南。

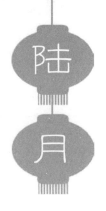

## 夏　夜/马　丽

星星
离我很近
一抓一大把

它们睁着大大的眼睛
它们不睡觉
我也不入眠

我们凝望了一夜
风车也不睡觉
它把风收入布袋

几只牛哞哞叫
它们也不睡觉
咀嚼满山的青草和苍翠

马丽，中央财经大学教授，北京作家协会理事。

2024.6.4 星期二

甲辰龙年
四月廿八

# 芒　种 / 田　禾

中午的太阳正高，泥土
又被太阳加热，气温升高了
村里的牛开始狂躁不安
只有晨昏才稍有一点凉意

杨梅成熟时，哥哥从南方
带回了一个城里姑娘
母亲说的土话她根本听不懂
她穿着超短裙、高跟鞋
烫卷着头发。二爷爷
看不习惯，索性闭上眼睛

一群鸟的叫声浮在天上
地头，那手执长鞭的
稻草人，也怕热地戴上了
草帽，身上穿着红褂子
绿裤子，城里姑娘见了
笑得前仰后合

父亲去薅田，天太热了
水田蒸腾着暑气。一棵稗草
被父亲果断地拔掉，稻浪
起伏，拍打着他的后背
父亲从稻田起身时
禾苗向他深深鞠了一躬

田禾，湖北作家协会副主席，鲁迅文学奖获得者。现居武汉。

2024.6.5 星期三

甲辰龙年
芒　种

　　芒种，二十四节气中的第九个节气，夏季的第三个节气。于每年公历6月5日至7日交节。"芒种"含义是"有芒之谷类作物可种，过此即失效"。这个时节气温显著升高、雨量充沛、空气湿度大，适宜晚稻等谷类作物种植。农事耕种以"芒种"为界，过此之后种植成活率就越来越低。它是古代农耕文化对于节令的反映。

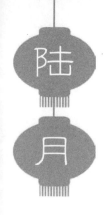

## 芒 种 / 茗 乐

一弯麦穗
携来时雨纷飞
以虔诚之心
倾听大地的旋律

布谷鸟
将声声问候
掠过金色麦浪
飞向吹来的夏风

青梅茶浓
染尽山色之恋
笛声悠扬
牵动清风明月

茗乐，经济学硕士，广东珠海海韵诗社创始社长，珠海市作家协会
会员。

2024.6.6 星期四

甲辰龙年
五月初一

## 梅雨水乡 / 段光安

从山坡看夏日水乡
屋脊像鱼鳍在云中摆动
黄梅树挥墨
横一笔
竖一笔
润出细雨
雨巷中走来
江南忧郁的女子

段光安，中国作家协会会员。鲁藜诗歌研究会会长。现居天津。

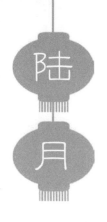

## 去东安湖 / 彭志强

阴影已全部撤退。才发现夏天被无限拉长
是因为汉字里的春风，解冻以后无比滚烫

这里的鲤鱼，最初爱潜泳
恰似隐居龙泉山的侠客，深藏身与名

如今有了理想，纷纷跃出湖面
欲与五湖四海满口外语的飞鱼比快，比高

这里的龙门，门槛虽不高
也得像太阳神鸟那样逐日

或如狮身人面像那样追光
你递上青春，我给出答卷

金沙与金字塔能互鉴文明义结金兰
就因为崇拜太阳的姿势，都是向东

彭志强，中国作家协会会员，成都市作家协会副主席，四川省作家协会全委会委员，现居成都。

2024.6.8 星期六

甲辰龙年
五月初三

## 母亲的河流与箴言 / 布木布泰

雷声滚过之后，雨水和阳光一样变得矜持

小叶紫丁香的花瓣，那么羞涩

把初夏开成了母亲喜欢的颜色和味道

还有这条被称作"母亲河"的西辽河，在暮色里

泛起的银光柔软温润，粼粼如母亲蚕丝一样的白发

无尽的爱与愁，就藏在波涛之中

如歌如诉，给予我无限的能量与希望。潋滟如母亲的惦念

如煦风，荡漾着。深沉如疗愈的梵音收纳尘埃与忧伤

母亲，愿这河水凌美如十万里蓝色的康乃馨

如我绵绵的思念，日夜兼程

送达您的枕边，替我道一声：晚安

布木布泰，诗人、画家、编剧，科尔沁草原人，蒙古族血统。中国作家协会会员，"科尔沁诗人节"发起人。

甲辰龙年
五月初四

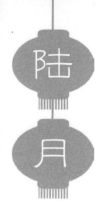

## 端午节 / 赵林云

每一条河流都是生命的收集者
游泳与戏水的人，只是过客
而投江者将水底视为桃源

带着一块石头投江的人
要和世界决裂
他把死亡看得比活着还高

本来是大地上的事情
他偏要问天
本来是岸上的事情
他偏要去激流里寻找答案

此刻的他，只需要石头
好坠落得更快
坠落得更彻底

国家没了
就像天空掉进了江里
河床里，到处是悲伤的淤泥

在江中
粽子和龙舟都是附属品
诗才是诗人唯一的泳衣

两千年了
他的心情还在水下沉睡
他的目光还在水面漂流

就在那一天，一个诗人沉下去
漂浮起一个节日

赵林云，笔名林之云。山东政法学院传媒学院教授，中国作家协会会员，中国文艺评论家协会会员，济南市作家协会副主席。

2024.6.10 星期一

甲辰龙年
五月初五

## 我的粽子，始终是一首诗 / 梁　平

五月初五，
我的粽子五花大绑在一首诗里。

两千年前一块石头沉入汨罗河底。
迷离的神话，香草、佳木，和水里的藻类，
纠缠成呼啸。

阳光泛滥的丝线装订的《离骚》，
一个人的身世在粽子的衣裳上渐渐迟暮。

长江边子规的哀鸣，朝廷的台阶上，
得意与失意，旋涡里的挣扎，
已是遍体鳞伤。

楚天摇摇欲坠，楚地哀鸿遍野。
一支箭，一首带血的《国殇》喷射而出，
江河没完没了地呜咽。

泪的雨血的雨怎么都不可能浪漫，
江上有人招展双臂仰天长歌，
完成生命亘古的造型。

我的粽子，始终是一首诗、一个人，
——"日月忽其不淹兮"

梁平，中国诗歌学会副会长，四川省作家协会副主席，《草堂》杂志主编。现居成都。

甲辰龙年
五月初六

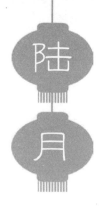

# 夏 日

## ——写在南岳龙池民宿·听风／陈群洲

一百万株竹子挤在一起

群山依然是孤独的。除了偶尔的云朵移动

给它们身子局部印上阳光的补丁

整个夏天，再没有谁来打扰

怎么才能描述这种宏阔的静：天空之下，群峰肃穆

时间和风止息了。尘世在远处

目光所及的地方仿佛海

而浪涛停止了涌动。仿佛浮着的

只是喧嚣过后的梦乡


陈群洲，湖南衡山人。中国作家协会会员，中国诗歌学会理事。

甲辰龙年
五月初七

# 六　月 / 胡粤泉

亮出一把夏天新月的镰刀

趁黑收割夜空密匝匝的星星麦穗

而刀刃再利，锋芒再亮

仍割不走一颗麦粒

只收割了身旁的一朵朵云，又留不住

渐渐镰刀被太阳的

炉火锻打得越来越圆

圆成一只锃亮的银碗碟

盛什么呢？什么也不盛！

捧出什么？清辉四溢……

胡粤泉，中国散文家协会会员，江西省作家协会会员。现居江西吉安。

2024.6.13　星期四

甲辰龙年
五月初八

· 165 ·

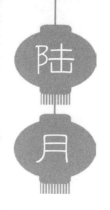

## 池　塘 / 黄劲松

蛙鸣从夏天开始编织一个黑夜
月亮是抒情的玫瑰，在人群的鼓舞中

水草荡漾，一只手穿越石头
有诚实的单人舞蹈

鱼在呼吸，通过事件法则
又找到一个真理

而花朵将穿越整个美与禁忌
在人的记忆中，找不到更古老的堤岸

友谊是黄金，人们在水中相互问候
与高级的生物握手言欢

在黎明的歌唱中，醒来的是金属
它们获得了有价值的鼓声

黄劲松，中国作家协会会员，江苏昆山市文联党组副书记，昆山市作家协会主席。

甲辰龙年
五月初九

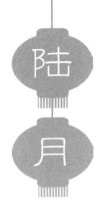

## 威海的风 / 路文彬

比寒冬更凛冽的酒和火焰
只在夏天像个醉倒在沙滩的姑娘
温柔如海草缠绕着夕阳的离愁
万马奔腾的喧嚣是万年的狂野
挥霍沉睡万年的寂静
一根根自由的缰绳被吹向天空或海底
不是为了束缚
而是为重新捆扎那破碎的山河
威海的风啊
要年轻多少年愤怒多少年疲惫多少年
才能抹去老迈帝国背影上的疮疤
滔滔白浪翻卷起海魂的累累尸骨
可这沉在深渊里的冤屈却并不呐喊
威海的风已然知晓它们的渴望
就是看一眼再也无法归去的家园
威海的风是热情的也是疼痛的
撕裂的皮肉血若玫瑰的悲伤
没有时间没有方向
唯有隔着海洋和陆地的堤岸
曲曲折折似伸似缩
它固守在那里一如既往
雕琢云朵和松林的形状
同时等待填海的精卫飞过
它要告诉它
海洋是泥土的梦想
一切都将在这里获得新生
如果你认识了威海的风
你便找到了丢失的你

路文彬，北京语言大学教授，小说家，翻译家。现居北京与威海。

甲辰龙年
五月初十

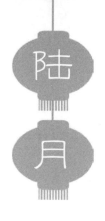

## 心中有词 / 吴海歌

心中有词，就会像萤火虫
在夜晚的草丛中行走
把自身点亮的同时，也使
草叶和花朵
感到安静和温馨

可以想见，巨大的花瓣巨大的黑夜
积聚多少只，像我一样的萤火虫
吃着文字组成的词
灌装陈旧的，或新鲜的思想

如何将一朵花，从枝干的封闭中
顶出来
如何将这如墨的夜耗尽
那些如星星般的萤火虫
那些被粉碎的我
填充和消耗着这夜的嘀嗒

我变身萤火虫
却不将自己举在草丛中
我习惯从一张纸一尊石头的内部
举着自己的光亮走出来
因为我怀着词。而词点亮思想

我与萤火虫，相互温暖
把对方举起在各自的天空

吴海歌，原名吴修祥。《大风》诗刊社长、主编。中国作家协会会员，
重庆市永川区作家协会名誉主席。

甲辰龙年
五月十一

## 夏之咏 / 赵黎明

夏天用一个词就可以封杀你
绿

绿，并不自今日始
开春儿它就忙个不停
从脚趾上
双膝上
双肩上
一路往上涨

直到今天才漫过眼帘锁闭天空

并不是所有的绿都在孕育果实
　　有的在灌注着老根
有的在偷生着毒汁
　　有的在和太阳与风
　　　　说着屁话……

它们在空中传颂着一句谶语
大地今朝放出的
明日将如数收回

赵黎明，湖北宜城人。文学博士，暨南大学人文学院教授，语言诗学研究所所长。

甲辰龙年
五月十二

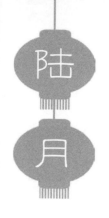

## 夏天的小镇 / 姜念光

继续坐在青石上
谈论南北朝
往事和一番美意，顺流而下
鸣蝉啸傲，此起彼伏
它们的江湖生涯，正在高光时刻
而爱雪的人只是想着雪
应该喝上两杯
翻一翻去年的地理杂志
天地有私心，存了雪山和酒壶
嘱咐着，早睡早起
绵羊粉红的嘴唇和四个蹄子
已经被青草上的露水湿透
轻轻一看，有点儿出神
没有寺，也没有庙
河滩上全是冰凉的清醒的浪头

姜念光，中国作家协会会员，《解放军文艺》原主编。现居北京。

## 一只虫草 / 陌上千禾

一只虫草变成虫的样子很诡异
沉睡的沙石再次翻滚起来
你想起雪山中间的雪来

此时是夏天
柳树下的一个城民说了句
你孤独，菩萨也孤独

从未爱过与从未停止爱过
像故事，像光和影的存在

陌上千禾，原名廖维。西藏作家协会会员。现居拉萨。

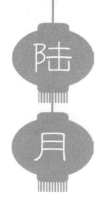

## 聆　听 / 琼　吉

夏天的风没有悲伤，
隔着窗帘只是惆怅，
从云中张望，
雨水湿了清明的眼神，
草地上纯洁的孩子，
牛羊渴望花朵，
夜晚灵动的生灵，
如果出现狼嗥，
不必害怕，
那是夏夜里，
它在歌唱爱情，
摒弃世俗的强加，
那原始的声音，
多么深情……

琼吉，藏族，西藏作家协会会员。现居拉萨。

甲辰龙年
五月十五

## 夏 至 / 虎兴昌

牢记癸卯年
临近夏至落雪的日子
她两千里来电
邀我势必写首沉哀的诗歌
好好表表苦心的诗意
拍着腔子
哥哥呀！老家下雪了
电话里女人放大悲声
我的麦苗——
你一定要挺住，秋风已在路上

*虎兴昌，中国诗歌协会会员，宁夏作家协会会员。*

甲辰龙年
夏 至

夏至，二十四节气中的第十个节气。于每年公历 6 月 21 日至 22 日交节。夏至这天，太阳直射地面的位置到达一年的最北端，几乎直射北回归线，此时，北半球各地的白昼时间达到全年最长。对于北回归线及其以北的地区来说，夏至也是一年中正午太阳高度最高的一天。

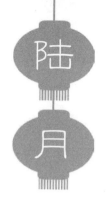

## 夏　至 / *方雪梅*

不期待心潮
触及最高的领空
在小区安静的构树下
一个满兜烟火气的人
热爱新鲜的蔬菜
低价位的房子
和白昼最长的日子

太阳偏向北回归线后
还可以再往生活中挪近些吗
我好操起一柄光亮
逼退周边
窜来窜去的暮色　暗喻和忧伤

方雪梅，中国作家协会会员，长沙作家协会副主席。

2024.6.22 星期六

甲辰龙年
五月十七

## 六月的雨 / 吴光琛

他们说雨的时候，我已经
来到了六月，六月的雨
是一张娃娃脸，勘破了释迦的
心思，菩提花一瓣一瓣地
落下，我一天一天地
老去，直到你站在我的面前
雨就不再下了，我沿着你
留下的轨迹，做着鬼脸
风直奔七月而去，阳光里
已拧不出一滴水珠，果子也
不再言语，在六月的
雨水中眺望着远方

2024.6.23  星期日

吴光琛，江西永新人。著名经济管理学家，新江西诗派重要成员，顺德界外诗社社长。

甲辰龙年
五月十八

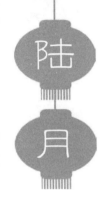

## 问 海 / 育 聪

潮退了，峭壁下的石龟
结伴爬来

叶子摇摆，"嗒嗒"的蹄声
野马般跨过棕榈树

腥味无边无际
被一颗咖啡豆的醇香淹没

此时，大海寂静如磨砂的青石板
我的心里却波涛汹涌

落日，如从炭堆里夹出的铁块
慢慢地浸入六月海水中淬火

育聪，原名黄育聪，福建惠安人。福建省作家协会会员。

## 荷花盛开的时节 / 李　平

那些日子

六月雪弥漫草丛

常青藤慢慢爬向人家的屋顶

知了绕着永福村

叫了无数遍

只为打造一个小小的透明神殿

开到一半的荷花

踮起脚尖

只想和风华榭里

那个赏花的影子打招呼

有时我睡着了

好像经历了漫长的中世纪

找到了乌托邦

寂静的荷花池

包含了荷花的全部数字

而我始终无法带走

哪怕一团清凉的火焰

只能提一桶池水走进后院

在电水壶里煮沸

又让它慢慢冷却

偶尔也会

下意识地把一颗莲子

放进嘴里……

李平，浙江海盐人。中国作家协会会员，藏书家。

2024.6.25 星期二

## 遇　见 / 远　帆

生命的意义　在遇见
你注视
我才存在

知了　把夏天叫成油绿
云起了　渐浓
一场雨后　天地开明
那些诗意
只因你写　你读　你唱

没有相遇
就没有你
也没有我……

远帆，诗人，朗诵艺术家。现居江苏南京。

## 倾斜的雨 / 庄 凌

这个六月总是下雨
并不急躁的雨
偶尔有几颗落在身上
能感知到它同样平和的体温
有时只是下一阵
有时又下得很静

我摇上车窗
才发现雨是倾斜的
它朝我侧了侧身子
轻轻拍了几下窗
就是这微小轻柔的举动
往往最有致命的吸引力

一路上我一直望向窗外
雨也一路跟随
没有谁比雨更懂我的沉默
我们隔着这扇玻璃
像在两个时空
爱恋了许久

2024.6.27 星期四

庄凌，山东日照人。戏剧与影视学硕士，青年诗人，现居杭州。

甲辰龙年
五月廿二

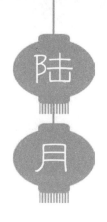

## 倾听鸟语 / 胡建文

平平仄仄的鸟语
质朴，清新
蹦跳在夏日窗前的绿云上
彻底排斥都市粗嗓门的喧嚣

故乡不再是梦中的一缕炊烟
如此亲切的乡音
山泉般浸润
因思念而干渴千年的心

胡建文，湘西作家协会副主席，吉首大学沈从文纪念馆、黄永玉纪念馆负责人。

甲辰龙年
五月廿三

## 六月的架子车 / 宁　斌

已成定局　以文物的标准
鉴定它的车轮痕迹
曾经那么沉重地碾过土地，脊背
折向夏季，载着六月的麦粒

一条拉绳勒住肩　拽起土地上休憩的锚
点头哈腰的穗和汗渍的车　它们和露水结缘
车厢满是日光、月光
欢声笑语。偶尔还载着女人

从一条坡头向下　车辕挑起一路飞奔的云朵
辕尾四十五度的刹角
刮起飞扬的树叶，搅动树枝上的蝉
都发出助威的叫喊
一辈辈依靠的土地和它的好把式们
绑在车轮上奔袭

土生土长，经过手艺的沉淀
从实用再到古物。以农民的崇尚
站在戏台的中央。和生儿育女一样
培育金长银生的粮食　载着日月发芽、结果、收获
向着炊烟袅袅的村落
装满柴火垛子的火，土肥的旱烟劲
就像一辆战车，吞吐土地上的量贩
把庄稼地的战火烽烟、十面埋伏
码成文字，献给似火的六月

宁斌，陕西咸阳诗歌学会会员。

甲辰龙年
五月廿四

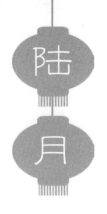

## 萤火虫的心事 / 王霆章

为什么
总要等到雄鸡将天下唱白
你才会高昂着头
让连衣裙
鲜艳地飘过
我蛰伏的内心的草丛

你从未想过
我是怎样孤独又热烈地燃烧
如果你蓦然回首
我羽翅的每次颤动
都可以告诉你，昨夜
曾有过多么动人心魄的星空

王霆章，华语诗歌春晚组委会执行主任，《中国当代知名诗人诗年历》
主编。现居上海。

甲辰龙年
五月廿五

## 夏夜记 / 程 维

已经热得没有一点诗意了
散步的人在汗雨里擦肩而过
所幸下半夜就要立秋，可热度
不会减少，一些好的句子
在梦中出现，又在梦里消失
四点钟起来上洗手间
还是没下雨，气象预报再次失误
明天仍是烧烤模式，十八只秋老虎
摸黑出发，带着失去森林的怒意
向城市反扑过来，空调不能关机
制冷一停止，枕头就会把人叫醒
河西走廊的马帮一路向西
应景叶子掉了一地，都是秘书写的
高温乃是秋天的死敌，下半夜
跟写诗没有关系，假装睡着了
借梦境把恶夏暴揍一顿
好歹将这个夜晚打发过去

程维，江西作家协会副主席，新江西诗派重要成员。现居南昌。

# 七 月 / *梁尔源*

你还没从缠绵中逃离？已是七月
眼神别再在潮湿中赶路
让那高举流火的窗台
将烧焦的时光扔进风里


将沉溺残缺的事物
在燃烧的地平线上摔打
江水会用默视的悲伤
堆砌麓山的倒影
那朵没有心计的白云
像天幕中的瑕疵
谁也无法点燃它的无奈与孤独


请在焦灼中打开王尔德吧
否则，豢养的那只小兽
会在颤抖中喘息
那尚未折翼的灵魂
将上弦月搁在右手
左手托着湘江的琴弦
用七月解开闷热的胸腔
巴赫的 b 小调
不再有孤独的虔诚

梁尔源，中国诗歌协会副会长，湖南诗歌学会原会长。现居长沙。

甲辰龙年
五月廿七

2024.7.2 星期二

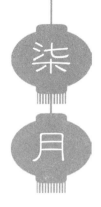

# 泉　溪 / 华　海

在石溪中潜下身子，与游鱼为伴
感念这一棵老桑树的树荫
遮挡了日光的直射，凉风习习而生
冬暖夏凉的山泉，与人世的炎凉迥异
暑热渐远，让你在水的缓缓流响中
获得源头的沉静，还有什么不能放下呢
风吹动小树枝头挂着的蝉蜕
南瓜花在旧墙垣上一朵一朵盛开
即使一个小小山谷，也已足够
去年仲夏回到山中的记忆，被你留下
夹在一本书中，如今这枚桑叶
已经泛黄，一条时间的蚕在纸页上蠕动
从它透明的身体里，你看到寂寞中
生命不息的泉流，和万物的变易

华海，江苏扬州人。中国生态诗歌倡导者。现居广东清远。

2024.7.3　星期三

## 海西那达慕 / 杨海蒂

七月的德令哈
一切都美好
海西各民族兄弟姐妹
欢聚柏树山赛马场
尽情享受这片土地的丰饶
浑厚悠扬的长调
如金笛声沁人心脾
在广袤无垠的草原回荡
豪迈奔放的舞蹈
让不羁的生命
在雪域高原上恣意飞扬
滚雷般的马蹄声
仿佛来自宇宙洪荒尽头
我一次次忘情呼喊
为奔腾的骏马
飞驰过那天边空旷
为雄健的骑手
带着狮子般的优雅和力量

杨海蒂，江西萍乡人。《人民文学》杂志编审，中国林业生态作家协会主席。现居北京。

2024.7.4 星期四

甲辰龙年
五月廿九

## 温 州 / 蔡天新

瓯江水浑浊如孩提时代
比上回多了一座桥梁

爬满青藤的波波咖啡店
像老上海的一家西餐厅

我们绕经大转盘返回来
海鲜大排档红火依旧

相聚南塘河的无料书铺
盛夏的气温迟迟未降

王谢的燕子仍在天空
俯瞰永嘉郡的灵秀之地

蔡天新，浙江大学教授，诗人，旅行家。现居杭州。

2024.7.5 星期五

甲辰龙年
五月三十

## 小 暑 / 毛俊宁

太阳最烈的时候
最适合晒书

一个书生
三更灯火五更鸡
一觉醒来
摊开满地的诗书
就如摊开了满仓的财宝

角落里的蟋蟀在歌唱
小河边的水车在歌唱
半亩方塘
天光云影
他偶尔抬头看一看天

世界很喧嚣
天地很安静

毛俊宁,北京师范大学文学硕士,九州出版社总编室主任。现居北京。

2024.7.6 星期六

甲辰龙年
小 暑

　　小暑,二十四节气中的第十一个节气,夏天的第五个节气。表示夏季时节的正式开始。于每年公历 7 月 7 日或 8 日交节。意指天气开始炎热,但还没到最热的时候。

## 舌尖上的月光 / 幽林石子

盛夏的月亮不曾生根

被吹圆后，又吹缺

缺后再圆，如此反复

他摸着酸痛的腰身

一路往前追

竟跌倒在我茶杯里

清澈的念想

让茶泛起一层涟漪

我抿一小口

舌尖上的月光

有一点点甜

幽林石子，原名石世红。中国诗歌学会会员，湖南省作家协会会员，湖南省文学评论学会会员。

2024.7.7 星期日

## 盛夏之美 / 张耀月

盛夏，一个人便可铺满地图
你所经历的旅程，替代了废弃之物
许多美，是建立在废墟之上的

你可以把整个自己奉献给棱角
分明忧伤和快乐，潜逃和聚集
在夏的一隅之地，访问自己的未来

青海湖的夏，清澈辽阔美好
你可以低头喝水，垂询唐朝青海之战
重拾废弃山河，怀抱一群森林入睡

南海的夏季风等待邮差送达
你眼前的烟火、尘埃和建筑之美
比任何时候更加明亮，更加懂得珍惜

经历的长河和落日，都曾经被废弃
站在你的地图上，无数次打湿诺言
我们也曾共同怀抱凋零的群山哭泣

许多盛夏在废墟上开出累累果实
许多战争后起伏的山峰迎着夏风
此多青山绿水，送你一程
此时盛夏之美，许你一生

张耀月，笔名指尖沙，中国铁路作家协会会员，安徽省作家协会会员，合肥市作家协会副秘书长。

甲辰龙年
六月初三

## 苦 夏 / *倪美群*

小黑狗
趴坐在树荫下
吐着舌头
叹息着苦夏

阳光下
所有的花朵
似乎都在燃烧
弱风中的鸟鸣，是
纤细的，柔然的

远方，有雷鸣，雨声
而我，也和
这条小黑狗
正在蝉鸣中
搬运阴影

倪美群，中国诗歌学会会员，湖南省作家协会会员。

## 夜走八里湖 / 高发展

塔向上
照亮夜的天空
湖的周围
乘凉走动或坐下
不少大男剩女

光与影
记住风一样的名字
并排行走
五六十年的风水

塔往下，七彩的水面
童声叫卖车推的矿泉水
牛仔裙下今夜的风
斗笠杯有云雾茶的清香
一叶小舟，正在摆渡身边的人
七月来兮，九分向往背靠庐山的清凉

高发展，江西九江人。中国诗歌学会会员、江西省作家协会会员、九江职工文学院常务副院长。

2024.7.10 星期三

甲辰龙年
六月初五

## 溪 流 / 胡思琦

夏日，骨骼硬朗的大山
是我笨手粗脚的父母
没给我手，没给我脚
只给我一个柔软透明的身子
我扑下去，义无反顾地
奔向山外，追寻
远方大海的涛声和梦

胡思琦，湖南衡阳人。江西省吉安市青原区教师。现居江西吉安。

## 夏日胜似铁板烧 / 李永才

阳光有形，而蓝天无状
进入一个季节
就进入了狼烟四起的日子
再炎热的夏天，也穿不透苦楝树下
那一堆匆忙而高古的铁
部落的毒箭回响之处，所有的事物
都得接受一种严酷的考验
一团又一团火焰
像十万只怪兽，在人间乱窜
触及什么，就吞掉什么
这样的事件之后，寂静的山冈
瞬间变成了黑匣子
将灰烬之物当成一种证据
收集于虚无的结局
如果燃烧，是为了一种消灭
我愿用一把老旧的猎枪
占领阳光的领地
从日出到日落，暴晒千年
让人世的一切美梦，都接近灰烬
如果燃烧可以让草木繁华
我何不趁热打铁，收割所有的阳光
为一列动车加冕
让远行的人，获取一份贫乏的清凉
某个夜晚，雨中的小镇
仿佛一块烧红的铁板，落入水桶
试图用整条大河
让一块铁醒过来。可旧人旧事
又开始重拾铁的爱和勇气
——兴铁起火。
竟无一粒碳，敢于出面指认

李永才，重庆涪陵人。中国作家协会会员，现居成都。

2024.7.12 星期五

甲辰龙年
六月初七

# 山村的早晨 /林 萧

清晨醒来的时候
山村也刚刚醒来
许久不曾听见
鸟雀清脆的鸣叫
嫩嫩的如春日的嫩芽

绿叶和花朵拥抱着
我居住在乡下的房子
一缕轻烟似的雾霭
在村庄上空缓缓流动
天空蔚蓝得多么纯净
云朵洁白得令人心疼

在七月的日子里
我穿行于山村的每个角落
呼吸着清新温柔的空气
多么想长成门前的一棵树
将根深深扎进故乡的泥土
终生都不再挪开一小步

2024.7.13 星期六

林萧，湖南永州人。中国诗歌学会会员，广东省作家协会会员。现居广东清远。

甲辰龙年
六月初八

## 群羊在七月里漫游 / 绿　野

群羊漫游在草场
它们中偶尔有一只转头
直愣愣地注视远方

也许只是片刻的安详
白云朵朵，如同栽满天空的雪莲

这是七月的蓝天下
天山雪岭外的平原，麦子熟了
金闪闪的光芒刺穿虚空的穹庐
而风的歌子一首接一首传唱
昆虫们则躲在茂密的草丛伴奏

绿野，原名刘金辉，诗人、散文作家。现居新疆阿克苏。

2024.7.14 星期日

甲辰龙年
六月初九

# 徒步旷野 / 亚 楠

空阔所拥有的也将在空阔中
被埋葬。那一粒水珠拥有瀑布的颜色
这情感的发动机，和一段老城墙
的低吟

但盛夏撼动了我。云朵和羊群还将
继续在天空赶路
漫漫长夜并非终点
危崖，抑或就是穷途末路

我并不在意
闪电，雷声和万丈深渊
他们都将回到梦中。显然这一切就
是我不曾绝望的理由

那就继续往前走吧，让大地
铺满盛世的安宁

亚楠，原名王亚楠。中国诗歌学会理事，新疆伊犁州作家协会主席。

2024.7.15 星期一

## 七 月 / 武 稚

绿，一匹推着一匹
一棵树的黑，也可以忽略不计

如果撇开烈日、蒸腾、劳作
这个季节是有诗意的

我喜欢这样的场景
蝉鸣，气味，或者气息
我对青春的理解就是这个样子

光落在他的脸上
他的脸上长满叶子
光落在他的臂上
他的臂上长满叶子
我对流年的理解就是这个样子

七月，一直在做同样一件事
一直都在朝着同一个方向
七月，我也想瓦解掉狭小空间
忘掉遮蔽，用内心去行走

武稚，中国作家协会会员、中国散文学会会员。现居合肥。

2024.7.16 星期二

甲辰龙年
六月十一

## 蓬莱记 / 张建军

深夜我穿过海边的渔村，旧木船
犹如羊群。这大海的骨骼此刻停止了漂泊
日头猛，晒好盐。七月
水里的月亮是一只游动的鱼
海水每天喂养我们，它的浪花是青花瓷片
它们都有一颗大大的心
那些细小的贝壳是光影的火钵

蓝色的渔村面光而坐
舵盘是海的女儿
灯塔上，潮涌云生
白鹤为草木画像
山海经里万物开花
星星的呼吸落进海塘
只是，大海从不轻易改变它的旅程

从一粒盐出发，异乡人
在融化中汇集辽阔

张建军，中国散文家学会会员，安徽省作家协会会员，安徽省孟子
思想研究会常务理事。现居合肥。

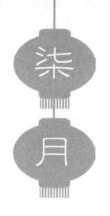

## 最美的夏夜，是故乡 / 张林春

黄土坡的夜，蛙鸣
灌溉村庄，点亮人家
炊烟赶着羊群，信天谣
撩悦眼睛。星星一闪一闪

沟里头的风，扑面拂来
群山墨绿，滚过醉人的香
汗珠流淌灿烂的笑脸
幸福从心里萌芽，我按照
月光的思路，谱村庄拔节的音符
奏响故乡最美的夏夜

　　张林春，陕西米脂人。中国诗歌学会会员，中国散文学会会员，陕
西省作家协会会员。现居西安。

甲辰龙年
六月十三

## 草木的喧哗幽深如海底 / 王国伟

完整地回忆一个夜晚是困难的
我还没有强壮起来
就已经意识到失败了
原野上密密麻麻的庄稼
恣肆疯癫的野草，生长到我的头顶
一切都以成熟的姿态
呈现出蓬勃诡异的生命力
而且似乎都，长了眼睛

十字路口，四野静穆
草木的喧哗犹如幽深的海底
一束光使我惊悸
而此时的大地似乎正渴望一场战争
于是轻微的一声咒语
白茫茫的大雨便劈头盖脸地浇下
分不清天与地，整个夜晚我
无语而泣。蜷缩在暗黑的森林之中
被洪荒之力揉搓，不堪一击
没有雷声与闪电，面对苍茫的黑暗
白光般倾覆的海水，看不见突围的道路
我不再挣扎，一如默默径流的夏日山川

2024.7.19 星期五

王国伟，山西文学院院长，《黄河》杂志执行主编。现居太原。

甲辰龙年
六月十四

## 骑上一抹晚霞 / 孙倩颖

地平线上飘来的
涟漪还是神祇

极目远眺
不小心融化的
是七月的紫薇花香吗

……

于是，我披上它
驾一匹天边的快马
驰骋而去
奔向前方，更前方
穿越那片红色的幕布

孙倩颖，贵州诗人协会会员。现居贵阳。

2024.7.20 星期六

甲辰龙年
六月十五

## 夏 夜 / 张端端

公交车拎着返程路在漆黑的村道
柏油路左侧的小道多了些晚间锻炼的人
我只辨认得出蟋蟀在田间的发声
小的蓖麻，遍野的银合欢，以及斑茅
在乡下它们不叫野草，却生如野子随处可见
长长柏油路延伸到沿海大道
再过去就是大海。临海的小乡村
夜色多么治愈，这个夏夜的尾巴
花生已经拔完，公交走完最后一班
夜色中的交接静默无声，所有平凡而可预见的
幸福静默无声

张端端，笔名张不知，福建惠安人。福建省作家协会会员。

2024.7.21 星期日

# 大暑 /单永珍

沿着黄河自西向东，由高到低
那些涓涓声、翻滚声、冲撞声……
仿佛一本五千年的大书，内容斑驳，笔法各异
而阳光燠热，天空沸腾
当我穿过蒙古高原时，突然看见
黄河的"几"字竟然装着一锅热烈的肉汤
给我孤寂的日子以安慰

高原的孩子，喝吧，以满含的热泪
那些谣曲、传说、古今、史诗的养料
贯穿着身体
在我的血管里电闪雷鸣

太奇妙了，我沿着黄河领命向东
当黄河与渤海歃血为盟，相拥而泣时
此时正是大暑的节令
我用命书写的诗篇也该终章了

哦，这光辉的日子，需要多少赞美和歌唱
也需要多少面朝大海的难耐与悲伤

单永珍，回族，中国作家协会会员。现居宁夏固原。

甲辰龙年
大　暑

　　大暑，二十四节气中的第十二个节气，夏天的第六个节气。于每年公历 7 月 22 日至 24 日交节。表示天气酷热，最炎热时期到来。古书中说"大暑，乃炎热之极也。"暑热程度从小到大，大暑之后便是立秋，正好符合了物极必反规律，可见大暑的炎热程度了。

## 七月在等一场复活的雨水 / 刘合军

端阳已逝
汨罗的水重归汨罗
恒河水又回神境
岸上的人替死去的人继续活着
流水和堤岸，还有茅草为一条河活着

磨刀门的海水
不知收聚了多少条河的泪水
病恹恹地离去又病恹恹地退回来
像是，等七月暴风
敲打一场云雨
的大哭

刘合军，江西萍乡人。诗坛壹周诗刊社社长兼主编，中国大湾区诗
汇副主席，珠海市诗歌学会副会长。

2024.7.23 星期二

甲辰龙年
六月十八

## 夏 雨 / 石 心

车子安静了下来　雨不停地敲击车窗

乌云正在集合　挟裹雷声

一场新的行动马上开始

园子里　几朵花

长在墙角　躲过了岁月的神偷

风一次次把它们按倒

风一次次又把它们扶起

并不要它们的命

雨点大了　闪电之处

照见高脚杯　红酒　美味

时隔多年　每每想起

他的车子就会轰鸣

却始终　没有跑出

记忆深处的那一场夏雨

　　石心，原名龚永松。北京大学访问学者，浙江省作家协会会员。现
居浙江义乌。

2024.7.24　星期三

甲辰龙年
六月十九

## 彩虹，雨后黄昏的新生孩 / 胡 勇

它有着桥的美貌
它不让行人通过却总让行人为他停步
它让天宇更调皮
让大地更深沉
彩虹，雨后黄昏的新生孩

我洞见桥孔的那一片蓝
蓝得如此热烈
蕴藏着哲思，多深的城府
在这个七月的日子
难得的清净

我拿手机客串天地
就这一刻，拍下彩虹
最美的一幕
微信的朋友圈中被刷屏
时间被轻松地宰杀于手机中

胡勇，中国作家协会会员，清华大学博士后，研究员，教授。现居北京。

2024.7.25 星期四

甲辰龙年
六月二十

## 虎丘时光 /徐书僮

夏日炎炎，

轻叩虎丘之门

绿叶拂面

微风拂袖

千年古刹

诉说着岁月的故事

漫步石阶

沐浴阳光

慵懒的猫咪在角落打盹

虎丘

夏日的浪漫诗篇

文艺清新的画卷

邀你共度一个悠闲的午后时光

徐书僮，诗人，艺术家。现居江苏苏州。

甲辰龙年
六月廿一

# 七 月 / 蒋兴刚

如果七月在酝酿盛宴

在椭圆形的大海上，一条白鲸

显现它巨大的前额

高高跃起

在无限沸腾中保持一分宁静

这是一件多么困难的事

推倒六月的栅栏，满园的荒草以为

终于可以长成参天大树

最终没能逃脱惩戒

是啊！灌满浆的水稻终于低下头

等到开镰。它在构造

一些熟悉的

背影

蒋兴刚，浙江萧山人。中国作家协会会员。

## 盛夏的横河 / 路军锋

盘亭山的绿荫
隐藏着许多蝉的身影
随着几声鸣叫
开始在河流的上空回荡
给今日繁华的小镇
增加了空气中的热量
虽不是乳白色的空调
却吹着原野绿色的风
上了年纪的老人坐在树下
听着喧哗声中飘来的热量
看流出的汗水穿过大街小巷
一个女孩，穿着一身洁白
抱着一架古琴
朝戏台的中央走去
只一会琴声四溢
流出一股股凉凉的清泉
吻着我的唇
滋润我的心

路军锋，山西作家协会会员，《天涯》诗刊总编辑。现居山西阳城。

2024.7.28 星期日

甲辰龙年
六月廿三

## 每一颗雨点都是逃跑的音符 / 蓦 景

那湖水，都以相同的涟漪
迎接我。湖心的大树停满苍鹭
就像秋天那般，悬着果实
群鸟接踵而至，躁动了整个清晨
在这热烈的夏季，鸟和鱼
描绘的都是自己

空气在湿热中渐渐厚重
谁在黄昏的边沿，想起那只落单的鹭
鸟群交谈得那么热烈，以致
孤寂如此地不合时宜。此刻
我不敢走得太近

或许，这落满花香的雨季
每一颗雨点，都是逃跑的音符
那些鸟和鱼都飘浮于空灵
它们把季节敲开，用沉默
说出了全部

蓦景，原名冯颖燕。贵州省作家协会会员，贵州省诗歌学会理事。

2024.7.29 星期一

甲辰龙年
六月廿四

2024.7.30 星期二

## 空镜头 / 王 京

那些阳光、云朵、花影
车流、脚步、霓虹……逐一闪过
以静默的转场，定义时间

我必须在帧与帧的空隙
标注一条斐波那契螺旋线
安放你眼中的万千思念

一滴水，滴落成一句呢喃
也叙述故事最初的开端
再镀一层柔光，用来渲染浪漫

背景是安静的抒情音乐
与放慢的脚步同频，还有些许低吟
是留给你我的，可以互诉衷肠

总有鸟儿划过夏日的天空，总有云朵
作为天空的留白。就像那些空镜头
是藏在心底的欲说还休

王京，陕西泾阳人。企业文案，自媒体编辑。

甲辰龙年
六月廿五

# 枯 莲/大 可

粉红的脸

风化成如磐的莲

你比黄花还瘦

仍然孑立在湖水中央

为一个梦而坚守

真的你相信

乐府中

那个江南女子会和

她的伙伴

弄一叶扁舟

在薄雾的早晨

渔歌轻唱　缓卷红袖

轻轻揽你入怀

大可,原名罗琦,中国作家协会会员,《九江日报·长江周刊》总编辑。

2024.7.31 星期三

甲辰龙年
六月廿六

## 八月武乡的谷穗 / 石 厉

那饱满的谷穗
垂下它肯定的头颅
没有质疑
只有哀伤的锤子
在夜晚的薄雾中
敲击荒凉的旷野

和我一样，它的泪点太低
将近八十年过去了
它的泪痕一直没有干过
它为那些曾经离开稻米的
故乡，来到太行山腹地的
年轻战士，而哭泣

他们肚腹空空
他们却怀揣理想
舍生忘死
泪水滋润着庄稼
让它籽粒饱满
但留下的是历史的缺口

山河亏欠他们太多
繁殖吧，无尽的谷粒
要疯狂地弥补过去的虚空

石厉，《中华辞赋》总编辑，《诗刊》编委。现居北京。

甲辰龙年
六月廿七

## 云南记 / 王彦山

归来已是秋天
红谷中大道上的蝉鸣
不知道去了哪里
沙溪镇的松茸在雨中
为自己撑开一把把伞
金沙江在阳光温暖的注视下
在峡谷里庄重地流
我们沿着它的吩咐
一路来到香格里拉
康巴汉子从马背上跃下
又跳上哈雷机车
牵着一朵云
在山路上盘旋直上
苍鹰在空中一动不动
白牦牛反射着雪山的光芒
垂下柔和、悲悯的目光
恍若先知，要像春天的蛇
脱掉冬天的羽绒服
才可以更勇敢地沐浴
高原的阳光，水和火
在此结盟，先人们在月光里
向火而生，大怒江啊日夜奔流
陪我们翻山越岭
直达鄱湖之畔

王彦山，山东邹城人。中国作家协会会员，江西省作家协会诗歌创作委员会副主任。现居江西南昌。

2024.8.2 星期五

甲辰龙年
六月廿八

## 傍晚时分 / 王 琪

薄雨和轻云抵临过后
开在玉龙广场旁边的花束
以初秋的名义，呼唤着亘古的夕光

鸟雀们放弃了浮华，回到原野
他们被篡改的命运，仿佛再次得到垂怜
远山多么清新
河流绕过村庄，径自流向远方
我看到树上的叶子厌倦了尘嚣
用温柔的绿光，轻拂每一位路人

而我愿在干净整洁的街道上踱步
没有惆怅，也无慌张
除却那些爱了又恨、恨了又爱的凡尘俗事
顺从于流变的时光
让丽江的傍晚，成为我思慕旧人的最好理由

王琪，陕西华阴人。中国作家协会会员，陕西省职工作家协会诗歌
委员会副主任。现居西安。

2024.8.3 星期六

甲辰龙年
六月廿九

## 八 月 / 田晓华

八月。在寒碜日子里它
不是酷暑之月而是寒月
我有个姐姐是八月出世
我有个弟弟在八月出生
我像一只西瓜在我妈妈
肚子里的时候也是八月
那年月，西瓜很甜很贵
我妈妈肯定是很想吃的
可那时是一九六〇年呀
我不知道她吃到了没有
数十年来，一旦想起
这西瓜，它就很坚持
在八月里很甜，也很贵
每逢此月，我就蜷缩着
身体，想念着我妈妈

田晓华，骨科主任医师，教授。现居合肥。

2024.8.4 星期日

## 八 月 / 夏 雨

你好，八月
很开心，在这个地方
这个时光刚好里遇见你
邀来秋姑娘，
修篱、种菊，
以及一起喝茶赏桂花

夏雨，原名夏菊英，江西永修人。江西省作家协会会员。

2024.8.5 星期一

甲辰龙年
七月初二

# 夏　蝉 / 庄晓明

仿佛不存在别的世界
孤独的吟唱里，撑开了
夏日浓荫。我们仰起面
搜索，鳞状的树皮间
它蹲伏着，披一袭黑色僧衣
纹丝不动。如此长久的耐性
仿佛已与树附为一体
仿佛那悠远的吟唱，并非
发自腹腔，而是发自
一棵树，一个盛大的夏日
光洁的背部耸出，如
一架黑色钢琴的护盖
双目球凸，坚硬，没有影像
不会躲闪，只适宜注视灵魂
世界在它的背后蜕去
而锋利的爪钩，紧紧攫住
一首唐诗，它在自己的韵律
与高度吟唱

庄晓明，中国作家协会会员。现居于江苏扬州。

2024.8.6　星期二

# 立　秋/艾　子

十月怀胎，秋天
将分娩出亿万吨果实
当梵高涂上最后一笔
金黄，秋天就瘦了
她将繁华褪尽
落叶纷纷
仿如给自己撒下的冥币

她已看见不可逆转的更迭
依然娴静地生养
青的苹果、红的柿子、紫的茄子
她要在白露
缝好孩子的秋衣。在处暑
酿造大地的酒
在立秋
千万个少妇身穿薄衫
腰肢柔软，河水
在喘息中又涨了一尺

艾子，中国作家协会会员，海南省作家协会副主席。现居海口。

甲辰龙年
立　秋

　　立秋，二十四节气中的第十三个节气，也是秋季的起始。于每年公历 8 月 7 日或 8 日交节。"立"，是开始之意；"秋"，意为禾谷成熟。立秋是阳气渐收、阴气渐长，由阳盛逐渐转变为阴盛的转折。在自然界，万物开始从繁茂成长趋向成熟。

## 画布上的秋天 / 倮　倮

秋天
一棵黝青的树
慌慌张张
逃进我的画室
隐入我刚完成的油画森林

树们彼此并不认识
森林里阒寂无人

我却听到这棵树
根部喧哗起来的汲水声
一棵呼吸滞重的树
和我一样忐忑不安

而秋风渐紧
目睹这棵树
慢慢把每一片叶子
脱落 ，我心情沉重

树们彼此并不认识
它们集体静默，日子仍旧不声不响地过去

倮倮，原名罗子健。诗人，专栏作家，厨电设计师、猛火灶发明家，公益老兵。

2024.8.8 星期四

## 秋天的第一阵风 / 尚仲敏

刚才还是热浪滚滚
突然就吹来了
一阵风
它掀开窗帘
跑到了我的房间
我知道这是今秋的
第一阵风

秋风终于扑面而来
经过了漫长的夏季酷热
它如期而至
就连窗外的高楼
也不能把它挡住

秋风带来了阵阵凉意
谁还会在这时头脑发热？
谁会在秋风中遇到谁？

有一个人，只有一个人
在秋季的窗前
在一阵阵大风中
想起了过去

尚仲敏，"第三代诗人"代表诗人之一。昌耀诗歌奖获得者。现居成都。

2024.8.9
星期五

甲辰龙年
七月初六

# 七 夕 / 康 泾

到达应该到达的地方
没有饱含深情的青草
没有盛开的烈夏
只有一株戴着墨镜的植物
黑暗中，甚至一点也不像我的情人
站立着，用双手护卫
这个感冒背景下闭塞的夜晚

这个夜晚有深深的凹印闪闪发亮
这个夜晚还有青青的河流闪闪发亮
我在黑暗中摸索
如果能够抚摸出
一颗闪闪发亮的玉石该多好
而此刻，鸟雀们都已经飞走
它们忙着赶赴
一场久别重逢的婚宴

康泾，原名陈伟宏。中国作家协会会员，中国诗歌学会会员。现居浙江桐乡。

甲辰龙年
七月初七

## 鹊桥渡 / 霍 莹

七夕是一个千古之谜

相聚别离都是身不由己

任凭眼泪翻作雨

撒向人间又是冷冷水滴

千里万里追寻你

漫天的云锦绣未央

满地的苍翠秋意凉

谁织女 谁牛郎

人间天上

牛衣犁白云 鸟雀展翅翔

鹊桥是一个古老的渡口

渡情 渡劫 渡沧桑

霍莹，笔名冬雪夏荷。中国诗歌学会会员，河南省诗歌学会理事，河南省作家协会会员。太康县作家协会主席兼诗歌学会会长。

甲辰龙年
七月初八

# 艾里克湖的秋风 / 彭惊宇

艾里克湖，曾以秋风的怀恋
加深了我梦境中辽阔的蓝

从平沙漠漠的远方涌荡而来
是艾里克湖永不倦怠的波涛

秋风劲吹，雄浑之风猎猎劲吹
那片片紫头花穗的芦苇，黄沙的岸

此刻，偌大的湖面仅有一只苍鸥在飞
仿佛一罐精神的雪盐，一朵苍老的玫瑰

　　彭惊宇，中国作家协会会员，中国诗歌学会常务理事，新疆兵团作家协会副主席，《绿风》诗刊社长兼主编。

甲辰龙年
七月初九

## 在秋日里走了很久 / 齐冬平

在秋日里走了很久
汗哒哒地一路
回首还是夏的忧愁
湛蓝色是四季的天空问候
有一片云　深深地恋着故乡

在秋日里走了很久
心愁埋在城的花海深处
一眼望秋　风挤着夏日的哀愁
一眼星光　总有天使的微笑
轻轻地　轻轻地唤声"妈妈"
翅膀在心海深处成长
再一次把灵魂拯救

在秋日里走了很久
飞翔的天空之城
有时很近　有时很远

齐冬平，教授级高级政工师。中国作家协会会员。中国冶金作家协会副主席。现居上海。

2024.8.13
星期二

甲辰龙年
七月初十

## 草帽山 / 宋德丽

金色的山冈像一顶草帽

取名叫草帽山

飞翔的鸟禽穿过阳光

穿过树林山冈

等待最后一片彩虹

山顶季节交替

转动的声音在喉咙歌唱

天空下

山如一顶顶草帽

交给田野繁忙的农人

草帽晃动种植

整个身子如麦苗生长


草帽下人们的头颅

盛满秋的思想

天空下的草帽山

抒发草木的豪情

挥霍镰刀编织

一个个金色的草帽

流淌丰收的谷粒

宋德丽，中国作家协会会员、中国诗歌学会会员。现居昆明。

甲辰龙年
七月十一

## 秋日登塔 / 莫在红

有车船大道和河流
还有绣球花惊人的肥硕
我们在寺内爬九层的塔
第三层是一个转折点
文龙主持说：可以在三层看看风景就回头
也可以看过风景后继续爬上九层
这里好比人生的转折点，可上可下

秋天的风吹来，风铃挂在塔角
铃声有时清脆，有时低沉
袅袅梵音夹在几片叶子里旋转
一阵风起一片叶落
一片叶落，会有一颗新芽接替它的成长
而我们却只能用一颗沉静的心盛满回忆
不管你是在三层还是九层回头
所有的快乐和所有的痛苦都来自凡胎

莫在红，江苏女诗人，现居扬州。

2024.8.15 星期四

甲辰龙年
七月十二

## 秋夜行 / 刘春潮

秋天的月光
显得有些无力
群山已凝成浑然一体
它只能照亮它的表面

此时出山的人
必然有些惊慌
他的脚步在山谷中
踩出不大不小的回响

他快则快
他慢则慢
以至于他
一直没敢停下来

刘春潮，广东珠海古元美术馆馆长，诗人，艺术家。

2024.8.16 星期五

## 葡萄架下的故事/牛 黄

葡萄架下的秋夜是惬意的凉风习习
一席铺地
奶奶的大蒲扇赶着蚊子
有鬼的故事像成串的黑葡萄阴森而神秘悬在头顶

奶奶说话累了
就骗我们说故事丢了
丢在做工回家的路上
好奇是草丛里的蟋蟀
吵醒了路旁的萤火虫

牛黄，原名黄吉韬。中国作家协会会员。现居广西柳州。

甲辰龙年
七月十四

## 八 月 / 唐 诗

八月已经结果，九月向外翻卷
寒霜，虽然
才来那么一点点，但我
已像蝉子噤声
更像断枝中一滴等待凋零的露水
这种时候
我特别怀念花香，特别想
以花香说话
用花香撑下去，并忿忿自语："花香难以分割
花香不可暗杀！"

唐诗，原名唐德荣。博士。重庆市荣昌区人。国际诗歌翻译研究中心名誉主席、世界文艺家企业家交流中心理事长。

2024.8.18 星期日

## 秋风荡 / 张 茹

一夜又一夜
秋风，摇着树
叶子渐次变黄，夹着红
看穿璀璨星空，低头
缓缓落下。无声


抱紧大地，也被大地抱紧
一位诗人
在如蝶的落叶中
在一首首古诗词里
觉醒，重生，歌唱。

　　张茹，笔名张小简，中国诗歌学会会员，河南省作家协会会员，河南省文艺评论家协会会员。现居郑州。

甲辰龙年
七月十六

# 秋 夜/张 瑛

霜风又起
春色渐远的时候
节日一个接着一个
于我而言
每一个日子都是节日
每一个节日也就是一个日子

故事总是涌现
没有开始
便要尾声
有几瓣心花已枯萎　零落
我可怜的蝶
即将停止飞翔

一些被我用旧的词汇
在夜里
依然开出美好的花
他们是生命高处的尤物
发着迷人的光彩

我也会迷失
在这个夜里
深一脚　浅一脚

张瑛，江西地方志研究会副会长，《诗江西》编辑部主任。现居南昌。

2024.8.20 星期二

甲辰龙年
七月十七

## 天空，放牧辽阔 / 陈灿荣

2024.8.21 星期三

春天、夏天残留的混浊
秋天，逐一过滤
河流，映亮天空的面孔
无边的蓝，像心的辽阔

大地，收集阳光，提取金黄
分给稻子、树上的果实
一些叶子，领到一杯羹
得意忘形中跌落，碰着
季节的痛。落日，像醉汉

夜空，没有规则
思绪随意纷飞。星星
眨着游子的眼睛，偷窥
月亮的心事。几朵云
飘向故乡。一条白色的云带
像思念，系着远方。
故乡悠悠，梦悠悠

村庄，故居
仿佛大地大小不一的钉子
任秋风秋雨的摇动
依然，深插记忆

陈灿荣，广东省作家协会会员，界外诗社副社长。现居广东顺德。

甲辰龙年
七月十八

# 处 暑 / 谭　杰

深夜，我喊半个屋子
没有任何回应
季节像无声的爬行动物
秋风也不能唤起回头

还是深夜，能唤起欲望的事物
已悄然无息
已黄未黄的老树年迈昏庸
整个骨头都僵硬了

他也有憧憬，未来是从容的
旧雪消融，枝丫生出新叶
秋天既遂未遂，暑热留在身边
她是下一个拯救者

车轮碾压过的碎屑
落叶沉入泥土，时光消融在手心
蔷薇扶墙而上，小小的针刺
释怀，是一辈子的必修课

谭杰，原名谭良杰。中国作家协会会员、福建作家协会会员、中国诗歌学会会员。现居福州。

甲辰龙年
处　暑

处暑，二十四节气中的第十四个节气，也是秋季的第二个节气。于每年公历8月22日至24日交节。时至处暑，已到了高温酷热天气"三暑"之"末暑"，意味着酷热难熬的天气到了尾声。

## 秋日，布谷唱响丰收的歌谣 / 田红霞

沉甸甸的谷穗
弯腰亲吻着大地
布谷鸟从滚滚的麦浪中飞来
唱响了丰收的歌谣

那些绿的黄的红的硕果
成熟的丰韵
一天比一天形象逼真
你无须漂洋过海
伸手，便可收获一枚
瓜熟蒂落

鸿雁从蓝天飞过
留下一串串惬意的诗行
也许人生
风轻云淡，岁月静好
才是最美的过往

田红霞，笔名蓝天祥云。中国诗歌学会会员，甘肃省作家协会会员，甘肃敦煌市作家协会理事。

2024.8.23 星期五

甲辰龙年
七月二十

## 你是否去过盖尔雷特山 / 王桂林

你是否去过盖尔雷特山
在那里，俯视前尘
河水在山下奔流
转了一个又一个弯
捧起无数颗被铁蹄踏伤的珍珠

你是否去过盖尔雷特山
然后下来，从两头狮子中间
徒步穿过链子桥
在仲秋的正午遥望故园
从那里看见，东方那一轮明月

多年以后，你在另一个国度
灯光下回忆，是否会再一次追问自己
是否真的去过盖尔雷特山
在山顶，真正地牵过命运之手
多瑙河在布达城和佩斯城
是否同时掀起过浪波

王桂林，中国作家协会会员、山东省书法家协会会员。现居山东营口。

2024.8.24 星期六

# 一串葡萄点亮的新疆 / 东方惠

一树葡萄，在八月，将吐鲁番的
眼睛点亮。一树汁液甜蜜丰满的
葡萄，像维族姑娘的一双双眼睛
美了大漠，美了西部，美了新疆
辐射着远方美丽如画的河西走廊

美丽的新疆，歌舞的新疆，民歌
的新疆，弹出葡萄的甜美，激情
和豪放。轻盈的舞姿，在大漠里
飘荡。一首诗的魂，爬上了维族
阿爸的手鼓，把西部的深情弹响

东方惠，原名吴景慧，某诗刊特约编辑。现居吉林临江。

甲辰龙年
七月廿二

## 红高粱 / 李自国

以我红色土壤的秘密
生长你的热情
阳光积满液体　你的红唇
隐藏的瀑布之声
自远古飘来一面烈性的酒旗
我终日燃烧的红孩子呵
一天天拔节
脱去黑夜的衣裳
红细胞在你高高头顶绽裂

我们无法拒绝草木
的预言生命季节天地交泰　云腾致雨
眼泪和汗水养育的土地复活了
满月升起来你的红头发也升起来
纷纷扬扬的红孩子哟
载着播种者的血肉之躯
穿过绿色交替的野地
从你红红的火焰红红的欲望里
我认识了祖先的血型

李自国，中国作家协会会员，中国诗歌学会理事，四川诗歌学会副会长，国家一级作家。

2024.8.26　星期一

## 向日葵 / 贝 戈

如果省略笑，她足够打开一个晴天

口红、眼妆，多余的风暴留下太多陷阱

只有一部巴枪，混着时而停顿又起伏的包裹入库声

早晨至中午，在货仓工作时

她不会抬头看灯光下的影子，全程沉浸在耳机萦绕的音乐世界

关中田野这个腰杆苗细的女孩，如何把不知去向的年华束紧在水

波不惊的岸下

这样拥挤的场地，她始终让自己脚底生风

她以沉默的身姿填补人生大小不一的漩涡

头被割断、子核被打散，零零碎碎的，揽拾一地风霜

梨花，着急忙慌地开，顶破每一个带苦的糖果

儿在左手，女在右手，药在嘴里

她的面颊渐渐生出新旧重叠的枝杈，缝隙越来越清晰

冬来时一场病接连挫磨迷路的身体

八月以外，生活的花期依旧迟钝

她是众多，向太阳低下头的那一支向日葵


贝戈，原名徐锡，陕西咸阳市诗歌学会会员。

2024.8.27 星期二

甲辰龙年
七月廿四

## 在呼伦贝尔草原 / *汤红辉*

西伯利亚的风在这里不姓寒
他有一个乳名：小风

这是属于蒙古的八月
地上有多少羊群天上就有多少云朵
它们倒映在莫日格勒河里
随着传说轻轻飘荡

在呼伦贝尔
每一朵花都叫呼伦
每一根草都叫贝尔

只有牛羊才明白大草原的幸福
一生都在俯首与感恩

汤红辉，湖南省文联委员，中国通俗文艺研究会诗歌委员会委员、红网文艺频道主编，湖南省网络作家协会副秘书长。现居长沙。

2024.8.28 星期三

## 你的泪是一场秋雨 / 王立世

这一天
你躲开了大雾
住进我灵魂的草房子
灯光穿透我的时候
你看到很多伤疤
那些旧时代的遮羞布
如树叶一样飘落
在你面前
我不再有什么秘密
你为你流泪
也为我流泪
在一场缠绵的秋雨中
我们携着儿女之愁
回到了遥远的故乡

王立世，中国作家协会会员。现居山西太原。

2024.8.29 星期四

甲辰龙年
七月廿六

## 雷声已被风抹净 / 马启代

秋天成熟了，不落雨，就落阳光
雷声已被风抹净

秋风来了，我照样不能低头
我的身影只能埋在天空

这个秋天，我只长思想，不长翅膀
我一生靠飞翔的身影照耀大地

马启代，中诗在线总编，"长河文丛"主编。现居济南。

2024.8.30 星期五

## 秋天　母亲 / 刘福君

您把阳光验证了的八月
握在手中揉搓
您把写在春天的预言
染成淡淡的红晕
挂在屋檐
堆满小院
于是您脸上山峦一样的皱纹
起伏起来
重复祖祖辈辈的骄傲
连同目光掉下来的
茅草屋上炊烟抒发了的
几分悲哀几分凄苦
——要儿女们啊
去读……

刘福君，河北兴隆人。中国作家协会会员，河北承德文联副主席。

2024.8.31　星期六

甲辰龙年
七月廿八

## 秋天的肖像 / 吉狄马加

在秋天黄昏后的寂静里
他化成一块土地仰卧着
缓缓地伸开了四肢
太阳把最后那一吻
燃烧在古铜色的肌肤上
一群太阳鸟开始齐步
在他睫毛上自由地舞蹈
当风把那沉重的月亮摇响
耳环便挂在树梢的最高处
土地的每一个毛孔里
都落满了对天空的幻想
两个高山湖用多情的泪
注入双眼无名的潮湿

是麂子从这土地上走过
四只脚踏出了有韵的节奏
合上了那来自心脏的脉搏
头发是一片神迷的森林
鼻孔是幽深幽深的岩洞
野鸡在耳朵里反复唱歌
在上唇和下唇的距离之间
虎跳过了那个颤动的峡谷
有许多复杂的气味在躯体上消融
草莓很甜
獐肉很香
于是土地在深处梦着了
星星下面
那个戴金黄色口弦的
云一样的衣裳

　　吉狄马加，彝族。中国当代最具代表性的诗人之一，同时也是一位
具有广泛影响的国际性诗人。中国作家协会诗歌委员会主任。现居北京。

# 秋天将草帽挂到了墙上 / 黄亚洲

也是一种有条不紊，枫叶
纷纷把自己磨红，磨尖，做成路标
以便把秋天，及时，从各个方向
领回家去
空白的地方，顺便让给白色

要把松鼠储存松果，田鼠在地里拖玉米
都看作是秋天回家的一种步姿
河里的涟漪也安静下来，开始练习
如何结冰

秋天一直戴着草帽
秋天有农夫的性格，实诚而且勤勉
秋天在枫叶下达指令之前，早已
按各个品种，收割自己
将自己码垛、晒干、碾磨、打包
然后，搬回家去
秋天的仓库保管员是春天

秋天腾出的大片大片的地方
可以由北风与田鼠再筛查一遍
自己就不再操心
秋天舒口长气，将草帽挂到了墙上
这口长长的气息里，已经有了
北风的成分

黄亚洲，原中国作家协会副主席。鲁迅文学奖获得者。现居杭州。

甲辰龙年
七月三十

## 秋夜独语 / 周庆荣

我看到一粒粒蓝色的纽扣，子夜，夜空披上纯黑的大衣，蓝纽扣在闪光

人间中秋刚过，离愁是月光的苍白，多年不说，这次，我同样不说

我说窗外的蟋蟀，秋事丰富

我说我夜深时听到的狗吠，它们是城市的流浪者。声音里听不出幸福与否，我仰望天空的时候，不愿简单地把这些声音当作噪声

生命的动静多么美好

玉米被收获了，十月，高粱也将要被收获

秋天的语言要赶在冬天封冻前说完，夏末未及说出的爱情，就让高粱变成酒，酒后再说

蟋蟀集体说，流浪的狗被集中起来说

我在中秋之后的子夜，一个人说

说得夜空解开一粒粒纽扣，胸怀大开

如果有人说出忧虑或者悲伤，天能够拥抱他们

　　周庆荣，中国作家协会会员、中国诗歌学会散文诗工作委员会主任、首都师范大学中国诗歌研究中心兼职研究员、"我们 - 北土城散文诗群"主要发起人。

2024.9.3 星期二

## 风入松 / 刘立云

你只知道风有舞蹈家的身段
只知道风曾经吹起奥黛丽·赫本的裙子
有那么点流氓无赖的狂野

我像童子坐在湖边的那棵松树下
呼啸的风携带微凉吹过来
把我身后那棵松
吹成疯女人的一头飞扬的秀发

这风我用呼啸来形容还不准确
我必须说它是火焰般
灼烫的风，刀子般锋利的风
我发誓没有任何渲染和夸张
实际情况是我那时坐在罗布泊岸边
手里握住我身后那棵松树
被风吹成的一块
仅剩下树皮模样的透明晶体

当然湖水也被吹干了，在这个
当年即使骑一匹好马
也要走一天，才能走到楼兰的大湖
我看见它硕大的湖底和头顶
孤零零悬着一颗烈日
如同正反两面扣着的两口锅
硕大无比，我将被红烧还是清蒸？

锅里的水早被烧干了，点滴不剩
我看见湖边一层层被水
抓出的暗红的指痕。原来水也有恐怖的时候
水也会发出绝望的哀鸣和呼叫

那年我五十岁，直到十八年后
一个秋日，我才从我的身体里
取出那棵松树的晶体，如同一个身经百战的老兵
从身体里取出的一块弹片

刘立云，江西井冈山人。中国作家协会会员，新江西诗派重要成员。鲁迅文学奖获得者。现居北京。

甲辰龙年
八月初二

2024.9.4　星期三

# 九 月 / 孙 思

九月的天，蓝汪汪的
一堆堆云絮，如耀眼的雪
在前方的前方漫卷，行吟诗人般的飘逸

傍晚的夕阳
挪在了西边的地平线
一点点下滑着，平稳而瓷实

九月的田野
有着明亮和狂野的黄
夜晚，风过田野时
常常把九月的夜，喊得风生水起
活色生香

孙思，中国诗歌学会理事，上海作家协会理事，《上海诗人》常务
副主编。

甲辰龙年
八月初三

## 秋虫替黑骏马说出了省略的话 / 孔庆根

我的黑骏马已入睡
陪着小马驹
马的眼睛比草原上的月亮更明
草料的香味来自土地
来自阳光的翻晒
云朵俯下身子
牛羊以便调闻名
而马低垂着鬃毛
脚步沉稳
孩子已入睡，鼾声均匀
他没有叫唤父母
睡前，他吃下了晚餐
没有什么愁苦摆在额前
他的父母有小小的不满
更多的欣喜
他们是一家人，在一个马厩
但各有自己的马掌

此时，小马驹已熟睡
秋虫替黑骏马说出了省略的话

孔庆根，浙江杭州西湖区留下小学校长。

2024.9.6 星期五

甲辰龙年
八月初四

# 白 露 / 三色堇

一滴雨水侵吞了整个秋天

包括街巷，田野，草地，变冷的暮色

街角中的景象已不再美好

一个孤独、深情、苍老的人

正在一首诗里闪着泪光

他让我突然想起

坐在夕阳里喝酒的父亲

我看见刀的锋刃带着露水

正在插入夜的深处

也许，所有的尘埃都应该落定了

季节，让我并不急于策马

我已习惯了背靠秦岭

背靠孤独者的半个夜晚

面对生活的冷

2024.9.7　星期六

三色堇，原名郑萍。中国作家协会会员、陕西省文学院签约作家、陕西省美术家协会会员。现居西安。

甲辰龙年

白　露

　　白露，二十四节气中的第十五个节气，秋季第三个节气。于每年公历9月7日至9日交节。白露是反映自然界寒气增长的重要节气。由于冷空气转守为攻，白昼有阳光尚热，但傍晚后气温便很快下降，昼夜温差逐渐拉大。

## 露从今夜白 /陈 墨

露从今夜白
比白露还白的
是那条留不住的溪水
比溪水更白的
是那对暮归的白鹭

露从今夜白
我赶在回家路上
我赶在秋将尽
不知名的黄花
撒下黄金之前

当我抬头看天
它在明明白白吐露

陈墨，原名陈尧伟。中国作家协会会员。现居浙江省青田县。

2024.9.8 星期日

甲辰龙年
八月初六

## 今夜，我在家乡 / 安　然

九月初的赤峰，夜凉了，需要被子
外套、长裤和一杯热水
中秋的月光提前照进我的房间
落在干净的地板上
没有任何声音惊醒我的亲人
关于我在牧场放生的
一窝蚂蚁，不知它们是否
准备冬眠，是否像我
因为明天的离开而彻夜难眠
还是正在昼夜兼程地搬家
搬走卵、幼蚁和粮食
一想到它们弱小的力量，我就羞愧
其实，我多想加入它们的队伍
将这里一起搬走

安然，满族，内蒙古赤峰人。中国作家协会会员。现居广州。

2024.9.9　星期一

## 教师节，我收到了礼物／肖章洪

教师节，我收到了礼物
那是从南沙寄来的雪浪花
她挟着海风柔软击碎的岩石坚硬
她涌起惊天波涛塑造的浪漫传奇
雪浪花，我钟情的雪浪花

教师节，我收到了礼物
那是从喜马拉雅寄来的格桑花
她摄取雪域高原映照的七彩阳光
她携带千里花甸雪霁的一弯虹霓
格桑花，我珍贵的格桑花

教师节，我收到了礼物
那是从首都北京寄来的月季花
她带着瑰丽花姿蕴含的富强与希望
她是花中皇后洋溢的温暖和甜美
月季花，我可爱的月季花

教师节，我收到了礼物
那是从四面八方寄来的微笑与心语
那是从海防边疆寄来的坚定和刚强
曾记得我那时多想春风化雨
笑如今遍天下桃李芬芳

肖章洪，江西永新师范学校原副校长，江西吉安老年大学教师。

甲辰龙年
八月初八

## 周六晨梨园公园跑步 / 师力斌

时光最美是柳枝下垂到草地肩头
倾听秋天带露的蟋蟀
奏鸣田野的安宁

人间最美是碧桃高挑在诸叶顶上
炫耀夏日赐予的腮红
嗔笑马路的麻木

仍见熬过酷暑和大疫的木兰
扶摇枝上努出新果
艳红如劫后重逢

最美是九月木槿翩然于枝丛
张开雨后羞涩的衣裙
轻吻将要上班的伙计

师力斌，北京大学文学博士。北京文学期刊中心主任，《北京文学》执行主编。中国文艺评论家协会会员。

2024.9.11 星期三

## 秋天，坐在黄河源头遥望故乡 / 陈跃军

巴颜喀拉山脚下，我坐在清泉边
想象一滴晶莹的水珠如何长途跋涉
变成一滴浑浊的眼泪，和我一样
流浪在异乡，把故乡藏在
一个温暖的角落

一滴水在与我依依惜别，此刻
我多想变成一朵雪花，融入清泉
一起奔向下游，去看看
白发苍苍的父老乡亲
和越来越老的故乡

我跪朝家的方向，掬起
一捧水，细细品尝
这条古老的河多像一条血管
连着我和母亲以及我的童年
乳汁滋润了我的一生

陈跃军，山西芮城人。中国作家协会会员。现居西藏拉萨。

2024.9.12 星期四

甲辰龙年
八月初十

## 刺玫花 / 胡 杨

只是一朵花
存了几滴露水
只是早晨的阳光
突然落在了心里

只是夏天过去了
那朵花凋谢了
枝条在风中凌乱

但总是想去看看
因为心里的光没有熄灭
心里的花
还在花季

胡杨，作家、诗人、学者，中国作家协会会员。现居甘肃嘉峪关。

## 秋风起兮 / 郭　卿

秋风又一次吹白我的黑发

人群里我看不到你焦急的面庞

我们总是一错再错

银杏果在一夜秋雨中全部落下

我把独自生活的那分寒凉轻轻放下

万家灯火把人间推向温暖

我拥着自己走向夜的方向

一盏灯为一个人而亮

一场风为一个季节吹打

属于我的灯悬于未知星辰

属于我的风常吹得我踉踉跄跄

突兀的白发无人为我修剪

一杯暖茶成为奢侈的妄想

一位驼背的妈妈缓缓一人拐进巷子里

我张口想喊一声妈妈

却再也没有应答

夜越来越重

秋风掀起我沉重的衣角

我还是没有看到你焦急的面庞

　　郭卿，中国诗歌学会会员，山西省作家协会会员，中国微信诗歌学会山西分会会长。现居太原。

2024.9.14　星期六

甲辰龙年
八月十二

## 秋 天/罗 晖

秋天的脚步刚近
泥土便有了芬芳的气息
　　放飞的灵魂回到北方的郊野
　　小鸟的叫声　唤起爱的向往

　　度过了漫长岁月
能有几篇博大精深的文字
　　在城市的街道站立
听到了风中的琴声　一只纤手
抓住了生活的节奏

几经周折　我终于回到了秋的庭园　打扫
一片片过期的落叶　接纳美好祝愿
手上的物是什么？　"过失"或"果实"
不论何种结果　都是很好的解释或结局

罗晖，广西桂林人。《中国诗歌选》主编。

2024.9.15 星期日

甲辰龙年
八月十三

## 秋天的况味 / 梁红满

水终于慢下来，仿佛上帝发号了隐匿的指令
远道而来的云，低头抚摸着谷穗

恩情万种。那些都是土里长出的亲人呀
每一句叮嘱都值千金，继续保持卑躬的姿势

秋风给大地镀金，这个蹩脚的画家
挥手之间，万物卸下青绿的原身

一步一步缩短生命的弧度。是黄昏，是黎明
它们像两只抱握的交叉的手臂，放下抑或抱住

温暖的体温，传递着芳华褪去的成熟之美
坐在镶着蓝边的梳妆镜前，忘记了时间

梁红满，河北沧州人。河北作家协会会员，河北诗词协会会员。

甲辰龙年
八月十四

## 中秋夜思 / *桑吉格格*

天街如水
月色满江
如果，让一滴水
化为静夜菩提
彼岸，慈悲生处
是寻常人家

桑吉格格，原名刘爱红。中华诗词学会理事，中国诗歌学会会员。现居北京。

2024.9.17　星期二

甲辰龙年
中秋节

## "九一八"纪念日 / 刘 川

此刻是 9 月 18 日
9 点 17 分 58 秒
我确定
还有两秒
整个沈阳城便会响起
刺耳的汽笛
那是一个纪念日列车出站一般
又要缓缓、沉重地经过
本城上空

刘川，《诗潮》杂志主编。现居沈阳。

甲辰龙年
八月十六

## 行走在九月的秋风里 / 买丽鸿

鸟儿轻啄黎明
米子兰幽香袭人
窗帘拉开雾气
等待第一缕晨曦的人
胸怀盛大的孤独

从晨光微澜
到夕光晚照
是从一只鸟开始
到一只鸟结束
从青葱娇妍
到满目金黄
也是从一场风发出
到一场风收尾
风，吹白了中秋的月
也吹散了大雁写在长空的诗行

行走在九月的秋风里
我穿过悲伤的灰烬，捡拾自由

买丽鸿，回族，笔名脉脉。中国诗歌学会会员，新疆作家协会会员。

2024.9.19 星期四

## 黄　昏 / 孙大顺

我看见天空正落入水中
那些等待的树枝，拍打
臂弯下陌生的风
这唯一的动作，把春天引开

秋天的黄昏清冷
我在等待手持烛光的人
捎来月光的口信
我知道，有点什么事
要在这个黄昏的眉梢
停留或者发生

孙大顺，中国作家协会会员，中国自然资源作家协会诗歌委员会委员，安庆市作家协会副主席。

2024.9.20 星期五

甲辰龙年
八月十八

## 九 月 / 王 伟

九月，秋风身披黄金甲
从小灶火胡杨林向互助北山桦树林
从昆仑山垭口向燕赵平原
一路赶来，给城市和乡野通风报信
捎来太阳启程南回的讯息

岁月在一棵芨芨草身上
发芽、成长、开枝、拔高和开花
生生不息，一生被太阳加持
年复一年，在那面山坡上
一副筋骨挺拔、屹立不倒的模样

路过九月，这一年丰收在望
春和夏被兑换成丰满的谷仓和远方
这一生，我正在路过我的九月
中年的我，父母安康，妻儿愉悦
领悟着生命赐予的一切惊喜和意外

下一个九月，依旧是羊肥马壮的日子
我依旧会希冀时间的黄金叶
减速，它从杨柳树枝头别离的行程
人间温暖，有你相伴，未来可期

2024.9.21 星期六

王伟，青海省西宁人。中国作家协会会员，西宁市作家协会副秘书长。

甲辰龙年
八月十九

## 秋 分 / 刘雅阁

我是和闪电一道起身，接着
行走在喑哑的雷声里。第一滴雨
自天空沿着弧线加速度坠落
最后迎面折向我——"啪"成为
玻璃窗上一颗晶莹剔透的秋
此后，整个秋天
一分为二

刘雅阁，老舍文学院诗歌高研班学员。现居北京。

甲辰龙年
秋 分

　　秋分，二十四节气中的第十六个节气，秋季第四个节气。于每年公历 9 月 22 日至 24 日交节。秋分这天太阳几乎直射地球赤道，全球各地昼夜等长。"分"即为"平分""半"的意思，除指昼夜平分外，还有一层意思是平分了秋季。秋分日后，太阳光直射位置南移，北半球昼短夜长，昼夜温差加大，气温逐日下降。

## 蒙山秋望 / 瓦 刀

秋天还在改革，不许打搅
处暑可以延长，白露探头探脑
我用多余的手攥着多余的光阴
对着通情达理的流水
献出我的面目全非。山峰嶙峋
冲着慈眉善目的落日亮出獠牙
我们都是在尘世蹭饭的人
我自卑的心面积如海
亟须秋天点赞。这赞扬的背后
不是一个人的沾沾自喜
是草木遍野的欢呼雀跃
是被高远的天际暗中标上高价的狂欢

瓦刀，山东临沂经济技术开发区作家协会主席。

## 曼妙的交响 / 王爱红

当蝉鸣潮水般退去
秋虫又从月色里冒出了尖角

也许蟋蟀的战斗从来没有停止过
只是，白天是两把大刀
晚上才是一具竖琴

早晨，醒来的梦中
所有的音响，曼妙的音乐
都从大自然里分离出来
包括寂静

这世界是如此寂静
有一种声音
你是听不见的
正如那曼妙的交响

王爱红，山东潍坊安丘市人。中国作家协会会员、中国美术家协会会员、中国书法家协会会员，现居北京。

甲辰龙年
八月廿二

## 秋 收 / *尹宏灯*

秋天是村庄熟悉的河流
祖祖辈辈的人
就生活在河岸

涌动的金黄
藏着河床最深的隐痛
村民们小心翼翼
一点点的，揣进自己的骨头

尹宏灯，江西省作家协会会员，中诗网第四届签约作家。现居江西宜春。

## 泥土的诗 / 王黎明

秋天的窑场
忙着装炉的人弓紧了脊背
天蓝得出奇。仿佛一整块透光的
水晶。而斜坡上全是被太阳
烤得发红且贫瘠的泥土

四周的庄稼成熟了
干燥的空气把五谷的颜色
蒸酿成面包的芳香
炉火越烧越旺
出窑的陶器整齐地摆放在路旁
慷慨的大地一片金黄

王黎明，中国作家协会会员、山东省作家协会首批签约作家。现居山东兖州。

2024.9.26

星期四

甲辰龙年
八月廿四

## 秋分的第六天 / 李　云

事情真相不出农历所料

雷开始收声哑然
湖泊的水际线一缩再缩皱纹挤紧
我的梦一天比一天被夜抻长
我的阳光在一尺一尺地被谁剪短

事情真相终是被父一语成谶

棉花吐絮絮絮叨叨的白着
烟叶绿从此变成金箔
榉木开始有了叹息

秋分过后的第六天
我该驮上十几粒芝麻
担上一勺蜂蜜
在蛰虫没有封土前
去拜访它的泥门
送上这些和一些话
"从此一夜比一夜冷
保重诸君　诸君保重"

李云，安徽省作家协会副主席、秘书长。现居合肥。

2024.9.27　星期五

## 秋染土寨 / 周占林

雨加风漫过山顶
那个我少年乐园的土寨
也苍老得快要看不到身影
仅剩的一段寨墙上
几棵山枣树
悬挂着几粒大自在的红酸枣

我隐隐听到母亲在西方极乐世界
给我讲述鬼打寨的故事
跳出石头的童年
一下子变得鲜活起来

大龙山，在雨声中
捡拾起我撵着羊群抢羊屎蛋的影子
一丛丛羊角叶
用那柔软的枝条
缝补布满伤疤的童年

周占林，河南人。中国作家协会会员，中诗网主编。现居北京。

2024.9.28 星期六

甲辰龙年
八月廿六

## 望天山 / 马文秀

天山将脚下的苍凉与壮美
分给山间的溪流与嘶鸣的奔马
这种浪漫绝不比欧洲少
远看有青山的苍翠
近看有牛羊的悠闲
如此原始与淳朴的色彩抚慰着心灵
我愿做一匹奔马
在这天山脚下
与万物窃窃私语
静看傍晚的落日与清晨的雾气

浩浩荡荡的新疆山川
在我的笔下清秀而有骨感
我多想一直漫步在这大漠边疆
以线立骨，以墨为韵
只有流畅和拙味的线条
才能表现出新疆山川的骨感
在广阔无垠的大地上
做一位画家真好
在光与影的交织中自由绘制
等待温暖奇迹
绘出了一幅人与自然
和谐共处的秋日山水画

2024.9.29　星期日

马文秀，回族，青海人。中国作家协会会员，青海省青联委员，中国诗歌学会社会活动部主任。现居北京。

甲辰龙年
八月廿七

## 把秋天装进我们的篮子里 / 谭延桐

弯弯曲曲地，我们来到了这里
这里，的确是堆满了梦幻一样肥美的秋天
我们带来的篮子，看来
是有些小了，最多，只能装进秋天的这一部分
或那一部分，也只能是，一部分……
这时候再回去，很显然，是已经来不及了
借别人的，谁，又会有多余的篮子呢？
回头，望着那些弯弯曲曲的路，我们就又犹豫了
我们是不是有足够的力气
挎着一个沉甸甸的篮子顺顺利利地
回到我们自己的家中？何况，篮子啊
篮子，还一直在晃悠，晃悠……
像是在很刻苦地考验着我们
把心稳住，继而把气稳住，继而把篮子稳住
继而把越来越不老实的道路也稳住
我们唱着歌，往回走……不属于我们的
我们一样也不要。要的，都是属于我们的

谭延桐，中国作家协会会员，《读者》杂志社签约作家，广西壮族
自治区委员会宣传部签约音乐家。现居南宁。

2024.9.30 星期一

甲辰龙年
八月廿八

## 国 庆 / 杨 菁

夜晚，小城如昼

旱莲花开满江滨

路人的前程

被逐一照亮

红旗飘摇，歌声嘹亮

你牵着我，我们

十指相扣

祖国，第一次

离我这么近

杨菁，陕西汉中勉县人。中国诗歌学会会员，陕西省作家协会会员。《中国校园文学》签约作家。

2024.10.2 星期三

## 低 地 / 林 雪

低地啊！在那个不寐之夜
我曾赞美你，并向你俯身

俯向你隔夜里那场雨
水洼照亮着羊栏角落里头羊的脸
俯向栅栏的牧羊人盘点他的羊群
我俯下身去，盘点那又甜蜜
又苦涩的词语
一只伸向种子的手
从众生隔夜的眼泪中
蒸馏出低地的诗歌和盐粒

一根结霜的稻草，已在我心里
掀起稻浪。一架运输的马车
一步步走进大地的书页中
点燃那些睡在鹭鸶眼里的小火星
在这首诗里，它们将被放飞
高叫

晨风有足够的时间吹凉两个枕头，
一匹马来到长有荨麻的院子里
它不知这一幕，就是我对你永恒的乡愁

　　林雪，祖籍山东。中国当代女性主义写作代表诗人之一。鲁迅文学奖获
得者。现居沈阳。

甲辰龙年
八月三十

## 秋日黄山湖 / 赵目珍

秋日是一个时间的结，我们
在这里搬动生命的时日，如
一只卑微的蚂蚁。然而这是
——美好的境地，事物都怀着
强烈的好意。我们在草庐中
闲谈，聒碎了外围的湖光山色
当然，有细雨袭来是最好的
此时的内心，远离了世俗喧嚷
平沙的位置，比湖岸还低
只是秋日的颜色，带着微凉
在刹那间，显得有些消沉
然而，这就是生活的细节
边缘感，我们不需另外关注
秋色缔造的帝国，只要唤醒了
那一潭醉倒的烟水，便足够了
格局不需要改变。这里的
世界，有太多值得信任的东西
天赐的神秘比什么都更有趣
尽管有时微妙到难以察觉痕迹

赵目珍，山东郓城人。文学博士，北京大学中文系访问学者，青年
诗人，批评家。现居深圳。

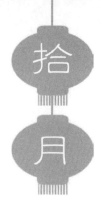

## 清凉的秋风让一切变得温暖 / 谢小灵

秋天会被风吸引到哪里去
我找最迟离开稻田的镰刀
谈及此事

大地上有他的一所房子
天空里深切的星火
为他清瘦的脸
带来怜悯

我们闲暇时问候的稻草人
在田野中站成一排
或者围成一个圆圈
他们干净的灵魂
像是写满白纸上的启功体

谢小灵，中国作家协会会员。现居广州。

甲辰龙年
九月初二

## 吐鲁番的秋天是诗歌的秋天 / 丘树宏

都说，吐鲁番的秋天
是葡萄的秋天
从七月八月九月开始
一串一串的葡萄列成方阵
白天是一双双明亮的眼睛
凝聚成幸福灿烂的太阳神
晚上是那布满夜空的星星
在长长的红河谷闪耀蜿蜒

我说，吐鲁番的秋天
是诗歌的秋天
当季节走进红色十月
一串一串的葡萄连成诗篇
散发出蜂蜜一样浓的香甜
唤醒了沉醉千年的胡杨林
我听到葡萄吟唱出的歌声
融进了火焰山深沉的梦境

丘树宏，广东连平人。中国宋庆龄基金会理事，广东作家协会副主席兼诗歌创作委员会主任，中山市政协原主席，中国作家协会会员。现居珠海。

2024.10.5 星期六

甲辰龙年
九月初三

## 唇 线 / 王 峰

苍郁的深秋更凉了
而贴紧额头的机窗玻璃依旧温热

银翼之下，我倾身极目
黄色的大河挟裹着轰鸣去了远方
似乎谛听到
长水奔腾的汹涌

那些我看不清的篱笆或者老树
有的在深谷仰望
有的在岸边落叶

是谁的裙边掬成这蓝色的港湾；又
是谁的峰峦引燃
这赤橙的火焰。哦，是天空的
唇线；是大地的万山

我多么庆幸，俯瞰凋零掩蔽的深秋
自己还能被这
庞大的事物所惊醒

王峰，波音客机资深机长。现居北京。

2024.10.6 星期日

# 秋 蝉 / *张春华*

一片枯叶落在窗台
白云隐去
星星初上深蓝的天空

我听见一声蝉的呜咽
尾音短促无力
终结了整个欢快的季节

它要进入泥土
在一个洞中等待，等待
比死亡还要漫长的孤独

张春华，祖籍江西。当代先锋诗人。现居上海。

甲辰龙年
九月初五

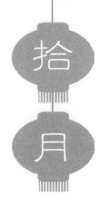

## 寒 露 / *廖志理*

一颗露珠收拢所有的花事
也没能在草叶上站稳
秋风啊

啪嗒
我晃了晃
一颗孤单的雷霆滚落在人间

　　廖志理，国家一级作家，湖南诗歌学会名誉副会长。湖南娄底作家
协会主席。

甲辰龙年
寒 露

　　寒露，二十四节气中的第十七个节气，秋季的第五个节气。于每年公历 10 月
7 日至 9 日交节。寒露，是深秋的节令，干支历戌月的起始。寒露是一个反映气候
变化特征的节气。进入寒露，时有冷空气南下，昼夜温差较大，并且秋燥明显。

## 凋谢也形成丰收 / 张绍民

红叶炸开烈火
黄叶炸开黄金

树叶盛开鲜花
火焰开花，黄金开花

红叶树沸腾霞光
黄叶树沸腾稻浪

凋谢与创作形成丰收
心情能具有大地胸怀一样接纳

落叶落下喜信
灵魂也能与麦子的脚印镰刀一样回仓

落叶铺满黄金
落叶铺满朝霞

天上来信发来喜报与邀请函
新郎催促迎娶新娘

张绍民，当代诗人，多次获得全国诗歌大赛第一名。现居湖南益阳。

### 秋 / 杨映红

太阳爬上坡顶，季节金黄
秋风掠过稻田，稻香
翻滚而来，穿过鼻翼

叶子蒙住秋天的眼睛
和山峦玩着捉迷藏
漫天的芦絮飞舞

我躺在洼地的草垛上
与秋天的旋律
一起，成为童话

杨映红，纳西族，云南作家协会会员。现居丽江。

2024.10.10 星期四

## 重　阳 / *冷眉语*

这一天不用登高
心就在最高处
我要望见母亲，望见故乡
稻子想必金灿灿的
像我的童年
在田埂上自由地跑

这一天我一低头
泪水就滴落在菊花上
在时间的深处
妈妈，你背对着我
一株稻谷
佝偻着身子

冷眉语，原名秦眉。江苏作家协会会员。现居苏州。

2024.10.11 星期五

甲辰龙年
九月初九

## 在冶仙塔过重阳节 / 盛华厚

天高云淡，我抱着一只大雁在冶仙塔登高望远
同时看到也有个人抱着大雁站在云端感慨万千
大雁说下不了蛋就不回家，我抱着它不说话
那个抱着大雁的人也望着远方一言不发，像是
比我这到过远方而曲高和寡的人还要曲高和寡

今又重阳，我在山顶默念："人生易老天难老"
我像个老无所依的人看着一个男人为妻儿拍照
又像没有故乡的里尔克《秋日》中的一片落叶
我想起曾在布拉格默念："谁这时没有房屋
就不必建筑 / 谁这时孤独，就永远孤独。"

每年秋风乍起，剩男剩女都被劝说将标准降低
都应声附和又心有不甘的渴望传说中的偶遇
但现实打肿了你松弛的胖脸，而你却视而不见
就像一个女人撒狗粮，最后男友娶了她闺蜜
就像你奋斗到一败涂地又用好事多磨安慰自己

不要在九月的萧条中怀疑自己远大的前程
所有拒绝你的人都是觉得自己还有无限可能性
当时光在你当作筹码的脸上刻下叶芝的皱纹
你才在没有价值后看清谁对你是真心，谁是
站在山顶放飞大雁，然后踏踏实实过日子的人

盛华厚，山东夏津县人。中国诗歌学会会员，《天涯诗刊》执行主编。
现居北京。

甲辰龙年
九月初十

2024.10.12 星期六

## 不可描述的一瞬 / 唐益红

亲爱的，当我路过这陌生的地方
我的悲伤与你是多么不同
就像有些事物从眼底过去　却再也没有消逝一样
我在虚拟的海面上看见了力量的悬殊
我在大地的旷阔中丈量着高原与平原的不同
花开千朵　人群寂静
你和我之间还隔九座城池

我是静默的过客，是混迹于人群之中的陌生
我是急行的赶路人，在黎明破晓的城门前仰天长啸
我是狼烟四起后风动云驰的前生，在裸露的山脊上
在被雨水冲刷与之对应的洼地　沉沦

我还有未燃尽的灰烬和不可描述的壮志凌云
在北方的寒露与霜降中升腾

唐益红，中国作家协会会员，湖南常德市作家协会秘书长，常德市诗歌协会副主席。

2024.10.13 星期日

# 轮　回 / 陈新文

说来就来
无所从来
一枚果实的阴影
使万物回到秋天的序列
我措手不及
霜刃未曾试
不知道最后会收割
哪一片原野

道路两旁
风声喧哗
磨亮了天空的铜镜
爱情怒目　痛苦低眉
无数记忆
选择这个季节开始泛黄

而猛虎依旧在追赶迷途的旅人
只有佛陀
在这世间轮回
以穿针引线为己任
弥合光芒与黑暗的边际

陈新文，湖南文艺出版社社长、《芙蓉》杂志社社长兼主编。中国作家协会会员，湖南诗歌学会副会长。

2024.10.14 星期一

甲辰龙年
九月十二

## 驰骋在秋天 / 寒 冰

把松花江、嫩江两岸的秋天
压在高铁飞驰的车轮下
秋天开始颤动，颤动的
还有大豆、高粱、玉米
这些被秋风摇曳的黄金
骄傲地迎接着我亲切的目光
纵横田野的杨树、榆树，以及
一个又一个被秋色浸染的屯子
从我眼前一一闪过，他们正准备
进入大雪的冬天。一切都是安静的

在这些大豆、高粱、玉米
耀眼的光芒中，在大地的寂静中
我在悉心倾听
这车轮下丰收的歌唱

寒冰，原名刘高举。中国诗歌学会会员。现居北京。

## 秋 天 / 胡少卿

秋天，干净硬朗的骨骼
风，旋转着
一遍遍筛落阳光
黄的叶子，红的叶子
向天空伸出最后的手掌

一双明眸，在秋天晃荡

胡少卿，北京大学文学博士，对外经贸大学中文学院教授。现居北京。

甲辰龙年
九月十四

## 秋　魂 /高金鹰

一些花神已经走远
离冬天更近的一些花仍然坚持着
迎着风，微微抖动。它们像
秋天的省略号一点点被抹去

一些流浪狗不见了踪影
这只浪迹小区的猫
被众人轻一下、重一回地爱着
秋风一起，它们将尘埃落叶
当棉衣裹了又裹

隔着物种，我想细细聆听
这大自然中不同的颤抖声响

高金鹰，中国民主促进会会员。中国诗歌学会会员、内蒙古作家协
会会员、呼和浩特市诗词学会副主席。

2024.10.17 星期四

## 秋风吹 / 北　野

秋山向北，按长幼顺序

风逐一吹

群峰一列列，都是岁月的骨头

木薯被捡进瓦罐。溪水被藏进柳丛

只有黑环雉遇见盛开的油菜花

变得像一只明亮的礼器

早年离开故土的一位举子

在白云下续家谱

烈酒和牧民，为此显得六神无主

他们的骨子里，都是

漂泊四海的浮云

马群一驱赶，它就冲上天空

大地被崩断，无人追问它的姓名

只有我的坐骑目光幽深

它的脑子里，装着一条旧路

秋风吹着北方，它一直吹

我明亮的北方啊，分列在群山之巅

是一片白花花的芦苇荡

北野，满族，承德人。中国作家协会会员，中国诗歌学会理事。

2024.10.18 星期五

甲辰龙年
九月十六

## 秋海棠 /鲁　翰

天上的仙子
也不会如此的窈窈窕窕
西风里，海棠比仙子瘦妙七分
只是没有谁会清楚——
海棠无香
那月下，那笺上
那嫣红的衣裳里，居然
霜落一掬煎泪

鲁翰，原名高志峰，陕西米脂人。中国民间文艺家协会会员、陕西省作家协会会员、陕西省民间文艺家协会理事、榆林市民协副主席。

甲辰龙年
九月十七

## 秋天一片枫叶 / 喻　晓

这片叶蓄谋已久

它不肯落下

它慢慢转红

红得让你仰目

然后带它回家

他也说带我回家

于是我把枫叶

夹在一本书里

秋风穿堂而过

蝉声渐断

文字散落一地

突然哑语

秋正站在光秃的树下

这一片夹在书中的枫叶

最终成为记忆

枫叶再不肯抹去它最后的红

喻晓，原名喻淑玲。江西省作家协会会员，江西省书法家协会会员，抚州市编剧协会执行会长。

2024.10.20

星期日

## 秋日图画 / 肖春香

我爱秋日的天空
爱它的沉静，淡远
收起了电闪雷鸣的内心
仿佛世间一切
都有了结果

草木褪去繁复的叶片，土地宽广
接纳所有。我爱这片土地
爱这赐予我肤色的赤诚
如爱我自己

我爱十月，爱万里江山
喷薄出的中国红，我爱这红
如千里沃野，果实挂满枝头
我爱果实拼尽全力捧出的心
像无数个你我
把滚烫的热血，洒上
旗帜的一角

肖春香，江西作家协会会员，江西新余学院副教授。

2024.10.21 星期一

## 秋天的金色谷仓 / 徐丽萍

又一片叶子跟随我们

企图抵达秋天的谷仓

风什么时候把我们带入幻境

村庄躺在金色的麦穗之上

落叶奏响它的竖琴

这么多色彩缤纷的音符

鹧鸪在唱　百灵鸟在唱

这些鸟用婉转动听的歌喉

来表达快意

秋天　它的硕果近在眉睫

柿子树上挂满灯笼

张灯结彩的红

辣椒挂在门头上　环肥燕瘦的红

枫叶漫山红透　淋漓尽致的红

秋天就这样在色彩中荡漾

又有一片叶子跟随我们

企图跟随我们

抵达秋天的金色谷仓

　　徐丽萍，祖籍江苏。中国作家协会会员、中国诗歌学会会员、石河子作家协会主席，《绿风》诗刊副主编。

2024.10.22 星期二

甲辰龙年
九月二十

## 霜降·卯时 / 张映姝

枝头的红柿，蒙上诱人的白霜
它说，熟透了

浅浅的草上，落满叶片的枯笔
它说，一岁，一枯

只有菊花仰着头——这华彩的
纵身一跃，触目，又惊心

谁的手，悄然拨动自然的钟表
秋至深处，即便还没有一场
初生的霜降临

谁的手，让一场睡眠
多了一个时辰的宁静和甜美

该感谢谁，在这个霜降的黑夜
将静默的绝望，推迟到
光线射入的一刻。该感谢谁

没有人回答。仿佛人类
还没有学会说话

张映姝，中国作家协会会员，《西部》杂志主编。现居乌鲁木齐。

甲辰龙年
霜　降

　　霜降，二十四节气中的第十八个节气，秋季的最后一个节气。于每年公历10月23日至24日交节。进入霜降节气后，深秋景象明显，冷空气南下越来越频繁。霜降不是表示"降霜"，而是表示气温骤降、昼夜温差大。就全国平均而言，"霜降"是一年之中昼夜温差最大的时节。

## 秋日纪事 / 李贤平

把窗户关上
这一简单的动作有谁能够完成
屋内没有嘈杂的嘶叫
苍鹰在浑浊的空气放歌
光线慈祥地照射
这，或许是一种恩赐

美丽出嫁给幻想，徘徊
金黄的稻谷使秋阳依旧灿烂无比
太阳把最后一份礼物扔给大地
庄重的也只是轻浮的代名词
最洁白的语言在天空中飘浮

大师的指甲被小子们捡拾
天空无方向地彻骨疼痛
依稀看到苍鹰在秋阳下
上升、下降、上升⋯⋯

　　李贤平，《诗江西》执行主编，江西工人报社《职工法律天地》杂
志主编。现居南昌。

2024.10.24 星期四

甲辰龙年
九月廿二

## 秋风劲 / 张 雷

桐叶与大树枝头诀别
风卷走树上的鸟窝
一行雁阵舞过云天
菊花染黄季节的背景

挽留奔腾行进的浪花
秋风带走了一河的惆怅
举杯痛饮满腔相思
我扬风帆抵达你的港湾

在秋风里挥挥手
把所有成熟的庄稼赶进粮囤
串起满地飘落的落叶
风铃响彻一个叫作晚秋的季节

张雷，中国散文诗学会会员，全国公安文学艺术联合会会员，山东省作家协会会员。现居山东枣庄。

甲辰龙年
九月廿三

## 秋 / 咚妮拉姆

秋的腹地有多少秘密
红黄白绿蓝的心思
只为那个承诺
既使不再相见
也幸福分离

叶子与风相拥
外套绚烂
别问脆弱几何

再唱一曲
回忆往昔的起落
将千百年的繁华梦
清零为乐

咚妮拉姆，原名连小慧，湖南人。毛泽东文学院研修班学员。现居拉萨。

2024.10.26 星期六

甲辰龙年
九月廿四

## 浮生负荷 / 梁　潮

也曾经结成一星点花果　连接树根和枝繁叶茂

忽然间　卷起水草的浮萍

漫天翻卷　呼啦啦刮起狂风暴雨

漂流到山高水远的地方

一路奔波　落花流水是一种美丽的境遇

只有青涩的季节　日子才会长青

落叶归根的路　纵然四处漂泊

也不通往随波逐流的方向

这样一种继续奔赴前程的事

拼命抓紧做好什么东西　脚踏实地

就好像荷叶的叶盖　浮生负荷

随时都会浮荡的莲蓬

既然早晚都会落叶

最好的是　最晚的最后一次机遇

在风雨不测的缤纷飞舞中

飘落在遍地金灿灿的黄叶林里

梁潮，广西师范大学文学院诗歌创作与研究中心主任。现居桂林。

## 藏地深秋 / 西玛珈旺

只一夜的工夫，杨树尖上的几片叶子变黄了
我还没来得及给它和麻雀拍一张合影
它还没来得及看见孩子们
弹奏扎木聂跳起锅庄舞

一切都那么匆忙，一个多月夏天和秋天就不辞而别
而我对面的灯光依旧是夏天的样子
它照亮每一株树和每一条回家的路

幼儿园还没有开学，那么多玩具等在那里
那么多格桑花孤芳自赏
那么多蜀葵越长越高
那么多蜜蜂围着向日葵转

蚂蚁们已经准备好过冬的粮食
它们从这株草的头顶上爬下来
又爬到了另一株草的脸上
风把一株草推倒
又把另一株草扶起来，蚂蚁一动不动

西玛珈旺，原名王永纯，《大家文学》主编。现居河北秦皇岛。

2024.10.28 星期一

甲辰龙年
九月廿六

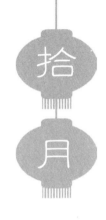

## 桂花雨 / 李仁波

中秋的雨
无所谓冷还是凉
但总觉得别样的透亮
是那种酥酥柔柔的安详
荡涤秋的时光
多分色彩斑斓的酣畅

桂花绽放
缀满枝丫
是厚积的沉淀
还是薄发的豪爽
溢着懒懒散散的芳香
却有沁心的细黄
照着一片秋的金光
闪耀的是收获，更是希望

李仁波，侗族，广西融安人。南宁市青秀区创意教育工作室主持人。
《作文》指点迷津等专栏撰稿人与指导老师。

甲辰龙年
九月廿七

2024.10.29 星期二

## 秋 藏 / 阎 雨

由青涩而狂野
风雨无驻
行囊掌声鎏金烫银

在声色都市
笑看落花流水

草甸湖泊结庐
劈柴放马

凋零坠落湖面
油画的声响

合抱之木兮
九层之土

止戈为武兮
和光同尘

　　阎雨，河南中牟人。北京大学应用经济学博士后，清华大学马克思主义理论博士后、教授，出版学术著作多部。现居北京。

2024.10.30　星期三

## 枫 叶 / 陈映霞

枫叶是执拗的
她的绝世之美
染着斑斑泪痕

她不开花儿，不结果儿
一生只为一场爱情
枫叶盼着秋风
秋风来自西北
要等的人，来自西北

小径上走来热闹的人群
枫叶羞红了脸庞
可是，没有他。
寒风急了，霜越来越浓
——还是没有他

枫叶红了
她疯子一样
点燃万里河山

陈映霞，笔名陈小曼，广东梅州人。广东省作家协会会员，中国诗歌学会会员。现居广东省佛山市。

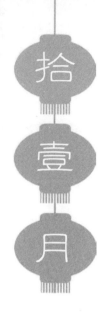

## 北京的秋韵 / 荒　林

嗅到第一缕秋槐花香
云端的雪意就涌上心头
鸟羽已经遇见秋霞　秋雨　秋露
红叶在山顶展示命运壮阔的海浪

再次与自己的香炉峰迎面相遇
捷足先登的青春晨光把背影拽住
听，海水正在悄悄撤退
缓缓沉落于甘露寺的幽静
一根南方的香茅草摇曳
那是她孤独的佩剑
第一次亮

荒林，原名刘群伟，女性主义学者。首都师范大学教授，中国作家协会会员，北京评论家协会会员。

2024.11.1 星期五

甲辰龙年
十月初一

## 晚秋的叶子 / 塔里木

好似千言万语
好似只言片语也无须再说

好似在回味夏天里茂盛的经历
好似在为身上的虫洞沉思

好似在静静地咬嚼沙粒和梦中的雨水
好似在无奈地等待冬天的降临

好似觉得活着的意义已足够
活够了，也活累了

一次次察觉到一股股凉风
在自己的身上吹过
无尽的风雨和沧桑徐徐变成记忆
——最后的告别

它已经准备好了
把梦和灵魂留给枝头
和泥土一起入冬

虽然有些不舍和留恋
它那金黄的颜色像阳光
丰收，成熟
暗示着飘落前的尊严和体面……

塔里木，原名吉利力·海利力，维吾尔族。新疆作家协会会员。现居阿克苏。

甲辰龙年
十月初二

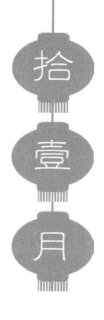

## 秋天的追忆 / 西　贝

秋天，落叶和风
静止或流动的表情
物质的原态
现出简洁的光影

石头、树、流水
带着往日的体温
和你一起追忆
让你聆听、凝神
沉入最细微的部分
明或暗、粗糙或圆润
最浅的纹路
　　最细的裂痕……

沉淀在时间里的情愫
承载着涅槃之火的余晖
经久地对视、端详
石头发出熠熠的光亮

西贝，山东籍诗人，现旅居海外。

甲辰龙年
十月初三

## 秋天纪事 / 郁 东

春种和秋收作为农业的最高纲领

脱离农业　我们的皮肤

渐渐白皙起来

走在城市的大街上

眼中掠过好酒的广告

而我们想象不出玉米的金黄是什么颜色

秋天你要什么

秋天就把什么给你

落叶的颜色就是黄金的颜色

只是我们无法逃避

大大小小的脑袋

都要逼进高高的居所

然后头顶白雪一点点消融晚年

郁东，原名李毓东，云南省祥云县人。中国作家协会会员，国际华文诗人协会理事。现居大理。

2024.11.4 星期一

甲辰龙年
十月初四

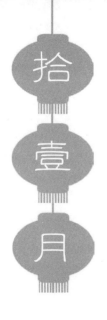

## 蓉城的秋天 / 次仁拉措

那一次
黄昏
停住了
它将雪和落叶
归还给了土地
母亲站在河湖中央
暮色
缓慢且谨慎地
降落在她的眼角

蓉城的秋天
注定与她有来往
只有天知道
她看不见的天空
云朵
有多轻盈
柳叶
有多突兀
女儿给的爱
有多沉淀

那一次
黄昏
停住了

2024.11.5 星期二

次仁拉措，笔名一朵云，西藏昌都人，西藏作家协会会员。现工作于那曲。

甲辰龙年
十月初五

## 夜宿红豆山庄 / 顾艳龙

轻轻地推开
竹叶缓摇的落地窗
落座于琴川夜色
与你聊久违的星星，浴天河之水
水真凉，此后更寒
皇宫里的人失忆
旧朝与鼎革，词赋与奏章
但总有颜色不屑凉热
譬如一根白练，扫过
几百年，扫过族人
逼近的纷乱脚步
如果白天更短
但他们仍然推开那扇门
仿佛翻开一本诗文集
执笔的手
在惊惶的目光中永远定格
一滴墨洇开深秋
在雁声中沉淀
一篇传奇，随风
埋葬了各自酸辛

顾艳龙，又名顾燕龙。江苏作家协会会员。现居苏州。

2024.11.6 星期三

甲辰龙年
十月初六

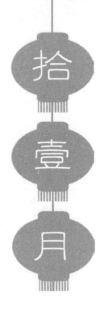

## 立　冬 / 冷慰怀

春是一条幼蚕
柔软的身子在桑叶上蠕动
不懂得如何吐丝

夏是一粒火种
刚把铁匠的炉灶引燃
风箱正在为它打气

秋是一根竹竿
扫落了满树红枣
却对蜜蜂一无所知

寒风中
冬的站姿从容而端庄
大雪在胸中蓄势待发
这迎娶红梅姑娘的聘礼
是他毕生的积蓄

冷慰怀，江西宜春人。中国作家协会会员。现居河南洛阳。

甲辰龙年
立　冬

　　立冬，二十四节气中的第十九个节气，也是冬季的起始。于每年公历 11 月 7 日至 8 日之间交节。立，建始也；冬，终也，万物收藏也。立冬，意味着生气开始闭蓄，万物进入休养、收藏状态。其气候也由秋季少雨干燥向阴雨寒冻的冬季气候过渡。

## 11月　立冬 / 晓　音

严寒其实早已来到
我那时在黄山
凛冽的风把银杏树上的叶子
一片一片地剥下
我穿着厚重的靴子
踩在那些堆积如山的落叶上

我有一丝丝的罪恶感
就如助纣为虐！是的
我的脚把它们的呻吟
传递出来，我竟无言以对

我知道我的悲悯和同情
包括那些欲言又止的抒情
在季节轰隆轰隆的交替中
是苍白和无力的

大雪天，不要出门
不去践踏和收割
这，也是目前的我
唯一能够做到的

2024.11.8 星期五

晓音，原名肖晓英，四川西昌人。国家二级作家。《女子诗报》《女子诗报年鉴》主编。现居广东茂名。

甲辰龙年
十月初八

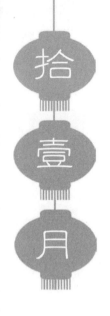

## 立冬之吻 / 云水音

我是一朵娇柔的花
冬风中绽放
红梅品格

我是一位痴情少女
冬日倚墙回忆
长发飘逸

我是一颗蓝天下的星星
冬夜里的珍珠
周身贵气

我是一株无名小草
待冬雪吻大地
满心爱意

立冬之吻
爱你千遍，我情依依

云水音，原名贾荣香。北京建筑大学教授，比较文化学者，诗人，
散文作者，翻译家。

2024.11.9 星期六

甲辰龙年
十月初九

## 这个冬天 / 王　咏

梦见，梦醒时
你离开。时间终于不再那么拥挤
蜗牛笨重地爬进来
把它的壳，给我

像是，量身定做

我开始缓慢地狂奔
敲在壳上的春雨，越落越急
这个冬天却依旧在身后，不足百米

王咏，青岛市文联签约作家，骆驼祥子博物馆馆长。

## 雪夜思 / 施 展

整齐的时光飞落，升起一种错乱的预感
美好的大雪，常落在不经意的夜晚
长街沉逝在黎明以前，怀念了未曾来过的雪片

一场大雪，就能覆盖全部的沟壑与缺憾
无边无际的人海，意味着空无一人的擦肩
而人赶在时间之前，站到了它的尽头及其之外

世界之于人身，发生过的，远多于未发生的
感觉早于预感，情绪晚于体验
唯有理性和感情不分先后，搅混了爱与思念
一如赤道的雪，被限定于不得不止，无法把握南北两端，

白雪下被覆盖的语言，如同大地浮现的黑暗
变与不变的话，曾说于雪夜的从前
一场雪，让所有的未来，如同遥远的往事

施展，北京师范大学文学院中国现当代文学硕士研究生。

甲辰龙年
十月十一

2024.11.11 星期一

## 冬天的第一场雨 / 汪吉萍

突然斜过来
像无数条细软又冰冷的鞭子
让花草不得不低头
让爷爷的背　一寸寸接近
十一月枯竭的土地

那是故乡　你的　我的
本应该有相同的气候
如果能回到从前
一起随每一棵或大或小的树的年轮
一圈圈往下走　经纬分明
我们就可以　什么不用担心

现在　河流消失了
游离的风　时不时堵住了季节的筛子
鞭子落在身上
爷爷不说话　他还是内心焦渴
一个人蹲在雨里　恍惚

汪吉萍，江西省作家协会会员，现居江西永新县城。

2024.11.12　星期二

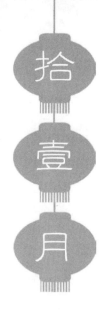

## 十一月的恋歌 / 王舒漫

约下午三点，捡拾过去的老秋么
我傻傻地自语。西风起，落尽银杏，星河
一秋，一石。叶落繁枝，谁与黄昏同憔悴
十一月的新冬，淡泊的天，石桥立在对岸
我说不出的寂寥
透过紫云的那角光，一觉未醒
庄周梦还在，不见蝴蝶独归

远远的，树荫下，不见欢畅的鸟儿叫唤
有点伤感。我披着冷风，想把
梦蝶捉住织在毛衣的
领口上，想给你写信
河水在窗口以外平静地流着
白云呼吸得太早，与月牙一样苍白
与正在死亡的秋一样苍白

一阵离别的恸哭后，我借半阕宋词
为叶片的疤痕，逝去的日子，绿芽，和
一撇岁月，低低地歌唱
第二天，推开门，我忽然发现两片金色的
叶子飞出了我的窗口，天空异样的蓝
我吻了吻十一月的高处

王舒漫，复旦大学文学博士，诗人、艺术家，策展人。现居上海。

2024.11.13 星期三

甲辰龙年
十月十三

## 在青海湖观鸟 / 王志彦

我在冬天的入口，与缓慢的湖水
产生了共鸣。它浮现的冷与空
沉重，透出薄薄的光影

海西山、 海心山，海西皮
斑头雁、黑颈鹤、大天鹅、棕头鸥
一只只鸟开始在岛上练习发声
它们要在叶子返回树梢前
完成烦琐的细节与全局的掌控

湖水像浮云在漂，冬天的寒意
在单薄的羽翼中，悄悄孕育着
春天诗意的签名

王志彦，山西屯留人。山西长治诗群重要成员。

2024.11.14 星期四

## 雪落在草地上 / 吴玉垒

一棵远道而来的雪松伸了伸懒腰
旁若无人又睡着了。一只麻雀
缩作一团,等待天降大任
一条狗兴奋得像十二条泥鳅,一头
叫作冲动的驴子闯进了我的胸膛
与此同时,雪花恰好铺满了整个草地

道路水淋淋的,像刚从海里
逃出来的大鲸,呼哧呼哧喘着粗气
第九个从其上走过的像是一对恋人
他们把所有的亲密都藏在一把红色的伞
下面,雪花像不明白似的围着他们
团团转,连我都有些难为情了

一种无处不在的声音唤起了大地的沉静
曾经是绿色的草地,变成了白的
曾经是黑色的道路,现在更黑
我恍惚于这眼前的这没来由的对比
回过神来,发现自己已是一个多余的人

吴玉垒,原名吴玉磊。中国作家协会会员,泰安市诗歌学会会长。

2024.11.15

星期五

甲辰龙年
十月十五

## 准噶尔冬天的大风 / 马 行

大风从东向西
刮了一千里，又一千里

我从勘探队的大卡车上跳下来
我冷，腿上有伤
可我也不想阻挡大风

整个勘探队，从来就不是大风的同盟
但也不是敌人

我背着勘探工具包，侧身而立，让漫无边际的大风
从身边呼呼地刮

马行，山东人，中国作家协会会员，中国石化作家协会副主席。

2024.11.16 星期六

甲辰龙年
十月十六

## 雪地上的马 / 燕南飞

等一场雪，等了整整一冬。一匹马
丈量一场大雪的寂寞
背负着几丈风声，却依旧无法投寄。脚下的白
是不是自己想念的白
它用整整一生的光阴确定

不要辜负猎手。他手掌中
扣紧半个草原的命：慢慢绽放，使劲地开
主角和一场大雪完成和解

那一捧琴声太瘦了。挂在马鞍上
像一件雕塑。它用裸体的嘶鸣
找回自己：一起沉默或爆发
一枚钉子楔入一场雪的胸口

一匹站在雪地上的马，一具
立在雪中的骨骼。将快乐和悲壮
送给一场雪：在倒下之前
谁也不知道
它的内伤
有多重

燕南飞，原名迟颜庆。中国作家协会会员。现居内蒙古通辽市。

2024.11.17 星期日

甲辰龙年
十月十七

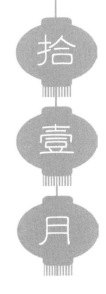

## 入 冬 / 卢悦宁

十一月，母亲正式退休
她去了北海、越南、泰国
可能还会去印度尼西亚
去所有纬度更低的地方
乐此不疲。她像在模仿候鸟
要赶在气温骤降之前
寻一处温热之地
度过一个毫无头绪的冬天

十一月，我每天穿过大院里的
空地和常绿乔木
像十年前的母亲那样
从清早忙乱到日暮

卢悦宁，文学硕士，广西作家协会会员，广西文艺评论家协会会员。
现居南宁。

2024.11.18 星期一

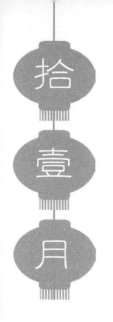

## 与冬书 / 或 蛇

起草，一份娇柔的美
却因你来得有点过分焦虑
或许，你尚未忘却秋天
和那一幕幕妩媚的瞬息
在梦中飞扬
可终究没有为时间做出挽留
你来了
为不甘寂寞的泥土
熟练地，披上一件银色的素衣

一抹冰凉，已然晏然入怀
请不必屏住飘飞不定的呼吸
让岁月一笑而过
在心中种下漫长而寂寞的定律
深知，冬的呢喃
终将瓦解往日的千句祝福
站在皑皑白雪中
我终于丢失了
所有有关时间的记忆

或蛇，原名戴岩。中英双语诗人，翻译家。中国诗歌学会会员。

2024.11.19 星期二

甲辰龙年
十月十九

## 雪 / 马海轶

雪越下越大
但我想，不管多久
积得多么深厚
雪终会停歇
有时候，慢慢歇下
另一些时候，没有征兆
突然就停了。瞬间
天地之间一片静默

我想，不管多久
太阳终要普照大地
大多数时候，光芒
缓慢透出云层
个别时候，阳光突然
泻满大地。到处都是
白花花的雪水
就像春天就要来到
也许春天还会下雪
但那是另一场雪
另一回事。而此刻
我想的是这场雪
终有消融之时

马海轶，中国作家协会会员，青海省作家协会副主席，青海省文艺评论家协会副主席。现居西宁。

2024.11.20 星期三

甲辰龙年
十月二十

### 换 季 / 范丹花

风吹过枫林，山谷退回原色。
一片红叶落在地上，泥土
轻轻抱住了它。

他们是在秋天相识，冬天分离
最后在春夏之际互相遗忘了

范丹花，江西省作家协会会员。现居南昌。

甲辰龙年
十月廿一

## 小　雪 / 李东海

小雪从天而降
天，一步快过一步地走进了冬天

雪
飘在西部辽远的天空
这是入冬最美的舞蹈
一万个雪美人，翩翩起舞
在这躁动不安的夜里
静谧的雪
让风，归于风
让心，归于心

李东海，祖籍陕西武功县。中国作家协会会员，中国文艺评论家协会会员。现居新疆。

甲辰龙年
小　雪

小雪，二十四节气中的第二十个节气，冬季第二个节气。于每年公历 11 月 22 日或 23 日交节。小雪是反映降水与气温的节气，它是寒潮和强冷空气活动频数较高的节气。小雪节气的到来，意味着天气会越来越冷、降水量渐增。

## 小 雪 / 若 一

白墙黑瓦的屋舍边
柿子早已红了
三三两两仍挂在枝头
你烫好今冬第一壶酒
等待第一场雪

若一，安徽怀宁人。自由职业者。现居苏州。

甲辰龙年
十月廿三

## 冬 天 / 梁晓明

出门外，庭院洁白，我出得早，抬头见乌鸦
高枝上高叫寒冷的冬天

白霜溅雪，也溅靴。除非不动，你就在湿冷中
如墙内的青砖。

湿冷也湿透我的内心，一个人要走
大概是冬天见不到明月

人人都仰头，人人奢望入怀的明月，但一个人要走
像一段生命被宴会扫除，残杯剩酒
老去的岁月，你我从愤怒中
渐次走开

冬天来了，天暗、低压、苍白、灰烬闷在火焰的下面……

我这样四处乱走的思想是哪几片落叶？
一片落在他家，一片掉在门沿
哪一片刚巧跌你手边？

梁晓明，"第三代诗人"重要代表人物之一。《江南诗》副主编。现居杭州。

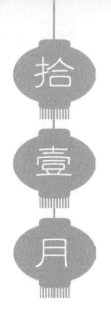

拾

壹

月

## 雪花的梦想 / 裴郁平

飞舞的雪花

在天空里飘着

没有什么比雪花更寂寞

展开自己的身体

落在石头上

飘到小山羊的羊角上

掉进松鼠的树洞里

雪花拉起了一道道风景

它们注视拥抱着山川河流

在冰霜中也做起了梦

想知道雪花的心思

请到冬天里

寻找那些童话城堡

雪花的梦都在那里坐着秋千

飞来飘去

裴郁平，偶用笔名雨萍。可可托海雨萍儿童诗社、智慧桥文宿创始人。现居乌鲁木齐。

甲辰龙年
十月廿五

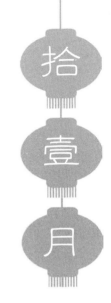

## 初 雪 / 龙 震

牛皮纸和几个生锈的字
带着隐秘的承诺

借来一些月光，盖上邮戳
却落在枕边
又落在悠远的古国

有些风不会入睡
会穿墙而过，亦会穿墙而来

与布满文字的火焰
收容一场初雪

龙震，原名龙飞宇，彝族，笔名黍则慈然。贵州省作家协会会员，《寒云又话》诗刊社创始人，黔东南州文联诗词家协会理事。

2024.11.26 星期二

甲辰龙年
十月廿六

## 乐 亭 / 张英子

一场雪覆盖住乐亭
回荡的丹陛大乐

雪白色的火焰
迅速燃烧起来
让一个王朝的气息卷土重来
大雪中，一段历史起伏澎湃

钟磬声高亢尖锐
从遥远的地方漫过来
这不朽的声响
混着马蹄带着乌拉草的清香
点点滴滴渗入青砖灰瓦的庭院中

如风一样泱泱经过
沉缓而庄重

此时一个朝代的花已开
枝叶繁盛不可名状
顶戴花翎撩起马褂跨过门槛
乐亭，已四面盛歌
风在听，万物也在听

张英子，河北省作家协会会员，现居河北承德。

甲辰龙年
十月廿七

## 苏巴什河 / 周 野

2024.11.28 星期四

在十一月暴雪来临之前
请允我将最后的草绿和香气渐尽的果实
深拥入怀，请允我带走一块
并不闪亮的鹅卵石

羊群在离开曾经柔软的河床
但我始终不能确定少了一只、两只
或者更多，也不能确定
一路遗失了多少春与夏的秘密

在家园守候的男人会更加衰老而固执
他的冬不拉于某个黄昏戛然而止
他唯一的靴子自此蜷缩一角，满积尘埃
我要卸下的这身装扮有它染上的阴郁

而我若赶在黄昏之前抵达家园
当他孤独的身影抹去迎向我的霞光
当他迟疑地唤出我的乳名，刹那间
泪水啊不停，奔向远去的河床

能否在一块并不闪亮的鹅卵石上
铭记我的生长、隐忍和感动
铭记暴雪中的家园、他给予我的乳名
虽不动听，却透出莫名的暖意

周野，原籍湖北，导演、诗人、画家。中国作家协会会员，珠海市作家协会副主席。现居广东。

## 梅　花 / 赵晓梦

被风吹老的无力感，跌倒在冬天的
杂草中。梅树的身体藏不住事情
到了这个年纪，是曲是直，或横或斜
哪一种都千疮百孔，长路漫漫意味着
双重痛苦。上下求索
不如在一张纸上推出逆势生长的动感
剩下的余生大胆留白不叙春秋

长街尽头，一窗疏影里也有伤寒论
离骚遗弃的子祠，撼不动老树
不可一世的金石之气。梅花一声低语
东风便从水面起步，用手指的肌肉缩紧
那些散落荒野的民生。似是而非的门槛
最容易违背黎明的初衷，明月什么也不找
没人的房间没人在意肩膀撕裂的清晨

只有江水需要人停留，逝者需要人叹息
一枝梅花还没来得及和所有的梅花交谈
蜜蜂就刺穿了暗香的黑暗与眩晕
未完成的光线拒绝盘桓在衣袖边缘
口语和方言保持足够耐心，克服远山
靠近桥洞的云烟。大地就像枝头的火苗
又潮又湿

赵晓梦，中国作家协会会员，中国诗歌学会理事。现居成都。

2024.11.29 星期五

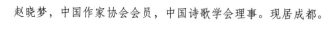

甲辰龙年
十月廿九

## 西隐寺看雪 / 王小林

雪来之前其实是打过招呼的
他没有食言对冬的承诺
潇潇洒洒地落在树梢上
落在泥土上
也落在西隐寺那弯佛塔之上
你可以看到树更静了
佛更肃穆了
迎面的三面观音
以不同的方式静观雪的飘落
雪来的时候是优雅的
他只给你一片纯白
而他所要做的却从不说出来
他只告诉你，明年还会来

王小林，江西作家协会会员。现居江西东乡。

2024.11.30　星期六

甲辰龙年
十月三十

## 老 树 / 叶延滨

朔风是一头美丽的雪豹
在我的躯干上蹭它的
光滑的背脊


蹭破了我的衣衫儿
不，我龟裂的皮已不畏惧寒冷
我老了老了


一声爆竹
驱走了这残酷而美丽的雪豹
只是那落叶永远被它掠走了


新叶该成熟一些
为什么还是那么稚嫩
用渴求爱的唇儿吻着清凉的雾


叶延滨，《诗刊》原主编，中国诗歌学会副会长。现居北京。

2024.12.1 星期日

甲辰龙年
十一月初一

## 雪 问 / 郭新民

雪，能隐藏什么
从小我就深晓其理，深谙其道
是爷爷的爷爷说过的那句老话
纸，包不住火
雪，埋不了死人

哦，雪能掩盖什么
它以冰冷的素衣，苍白的面色
告诉你倔强越冬的田垄大地
白茫茫一片寂静，让万物灵魂战栗
这世界，有时竟然鸦雀无声

这雪，是寒冷严酷的象征吗
饱经沧桑历尽磨难的人们
都深谙逆风暴雪肆虐的秉性
它们，不管以何等的凛冽严酷
还是，无法阻挡春天的脚步

郭新民，中国作家协会会员，中国作家书画院副院长，中国美术家协会会员，山西中华文化促进会常务副主席。现居太原。

2024.12.2 星期一

甲辰龙年
十一月初二

## 雪落北方 / 萨仁图娅

雪落北方
千里万里飘飞浓烈酣畅
天与地眷恋的使者
千树万树梨花竞相绽放

畅饮北方之冬一场大雪
迷醉我视野沉醉你心房
晶莹冰封的热血豪迈
洁净厚重绵长的时光

天苍野茫
雪韵悠长
北方有我的故乡
每棵草木都是爱的力量

谁在双鬓斑白的时光
倾诉与一场雪邂逅的乐章
踏雪而行静待春暖花开
光影流年在雪野守望而又念念不忘

萨仁图娅，国家一级作家，国际华文诗人笔会副主席、中国蒙古文学学会副会长、沈阳师范大学兼职教授。

2024.12.3 星期二

甲辰龙年
十一月初三

## 冬 麦 / 周伟文

大地昏睡
你是最清醒的部分
冬风平息了河流的暴动
瑞雪覆盖一切蠢蠢欲动
你是潜伏最深的一抹春色

你认松竹为友
巧妙周旋于霜雪之间
频频和春天卧底的鸟接头
试图举梅为号
发起一场起义

你用绿色的刀锋
把冬天切割得四分五裂
并用游击战术
占领一个又一个山头
直到整个冬天
土崩瓦解

周伟文，笔名阿舟，湖南诗歌学会理事。现居长沙。

2024.12.4 星期三

## 冬　叶 / 吴捍东

冰，成了漂亮的装饰
将你孕育的生命能量
塑造得精致而雅典
绿色，依旧那般鲜艳
只待春风来暖
华丽的蜕变
必是严寒煎熬之后
尽情地绽放
谁的人生没有幽怨
谁的人生没有遗憾
谁的人生没有卑微
谁的人生没有艰难
所有的不堪
如同冰封
能不能
我们像叶一般
就是全身裹附窒息的绝望
依旧如此安静而充满力量

2024.12.5 星期四

　　吴捍东，江西作家协会会员，南昌红谷滩区某街道社区书记。现居南昌。

甲辰龙年
十一月初五

## 大 雪/堆 雪

它用足够多的白说服我
让我暂时忘记落在心底的轰鸣
天空用白银下注，用寒冷豪赌热血
琴弦绷断，使那些胸怀乐章的人
走投无路。月光因它而突然有了分量
喝酒的人，流浪的人，一起铩羽而归
有人丢掉爱情。有人捡起力量
一座山与一条河在不知情的背景下
把一滴泪和一团火同时收藏
提笔忘字。一张纸，难就难在
它还未写下青春就已经溘然老去
信件压在尘世。马车深陷风中
一首诗，让人怀念起越理越乱的青丝
既然不能画出背影就该轻轻放下一生
再卑微的草木，都有一场隆重的婚礼
此时，真想替茫茫大地叫一声疼
叫出天叫出地，叫出那个流离失所的人

2024.12.6 星期五

　　堆雪，中国作家协会会员，新疆作家协会理事，乌鲁木齐市作家协会诗歌委员会副主任。

甲辰龙年
大 雪

　　大雪，二十四节气中的第二十一个节气，冬季的第三个节气。于每年公历12月6日至8日交节。大雪节气是干支历子月的起始，标志着仲冬时节正式开始。是反映气温与降水变化趋势的节气，它是古代农耕文化对于节令的反映。大雪节气的特点是气温显著下降、降水量增多。

## 大　雪 /李　进

立冬，我就把
整个秋季的葡萄储藏在夜光杯
无雪的深宵，我徘徊
岭南的大腹木棉愈加丰韵
依旧未闻大雪
我挽起一夜未眠和愈发寒冷的雨水
用新生的思念捆扎醇香和三个字的情书
托不鸣的鹧鸪，捎给北方的雪花
没雪的岭南，不再是桃源

李进，广东佛山市顺德界外诗社发起人之一。

2024.12.7　星期六

甲辰龙年
十一月初七

## 看 雪 / 艾 卓

我提着一篮月光
倚在一朵梅花上看雪

风拨弄着梅枝上的雪
簌簌地，往事落满一地

梅，适时地敞开心扉
绽放她已酝酿一冬的香

暗香袭来，我迷失在
梅与雪搭建的二人世界

雪地上一串串脚印，凌乱了冬夜
那是我迷恋雪沉醉于雪的印记

艾卓，本名罗雨艾卓，江苏扬州某中学高中生。

## 阿里大雪 / 马萧萧

真的没必要，空降而下如此之多的
白衣小天使
冰封岁月，我们早已懂得自我救护这寂寞的冻伤
作为戍边守卡者，作为一群
像鹰一样在高处承包风雪的人，我们没有
卡在长篇的高山反应里
版权页般的界碑前，我们不说
雪花们也要纷纷说：父老乡亲你们的
工资卡、信用卡、医疗卡
公交卡、加油卡、美容卡……总而言之所有的
卡，加起来等于边防线上的一个小小哨卡

马萧萧，湖南隆回县人，中国作家协会会员，《西北军事文学》主编。
现居兰州。

2024.12.9 星期一

甲辰龙年
十一月初九

## 进终南山 /冯景亭

半山腰上，石块堆起的烟囱
像一顶破旧的帽子
门洞敞开，荒草拦住了来人的去路

修行者已不知去向
溪流从山中下来
与厚厚的冰碴撕扯着
我静静地站着

那条土黄色的小狗
转过头来，看我。它不停地打转
要不要继续向上走？
雪地里，栎树叶冻住了半截身子

山谷空荡、枯寂
在一棵松树下
我抱着头，蹲了下来

冯景亭，陕西吴起人。诗人，园艺家。现居西安。

2024.12.10 星期二

## 等一场雪 / 王秀萍

在南方，等一场雪
是多么奢侈的事
我的凝望，向北再向北

等你的日子
芦苇，一丛一丛的寒冷
素心闲成一片执念

等你从旧时光走来
在氤氲的茶香里
在故乡的风景里
在童年的翅膀里
隐隐若现

在江南的村落，我一直在等
寻着梅香，一如初见
你浅浅的笑容

王秀萍，笔名东篱下，醉明月，福建明溪人。中国诗歌学会会员，福建省作家协会会员，明溪县作家协会副主席。

## 逝去的马帮 / 干海兵

沿西线以西，马帮们驮着盐在
静静的山脊赶路

像赶了十二个春夏，也未走到近近的打箭炉
马帮们驮着的孩子，在雪风中妖娆地成长

沿西线以西，格桑花落满回家的道路
喊过几嗓子的人们就静坐在青稞酒的旁边
喊过几嗓子的孩子

迎娶了姑咱<sup>①</sup> 最后的蚂蚱

十二月格桑花没有踪影，马帮们在乱云中穿行
十二月将有二十四个节气一字排开
像松耳石项链被绝情人
抛向折多河不眠的黄昏

干海兵，一级作家，中国作家协会会员，四川省作家协会诗歌委员
会副主任。现居成都。

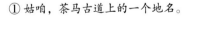

① 姑咱，茶马古道上的一个地名。

2024.12.12 星期四

## 暖冬早晨，独自散步于湖畔 / 禾青子

很小的鱼在浅水嬉戏
光线令它们闪闪发亮
让我想到洁白的银子，许多年前的
某个女人脚踝上叮当作响的配饰
当其中的两条
亲密挨着，并排游入水草的阴影

我猜测它们调情前的暗语
涟漪荡漾着
也不影响到湖面的平静
有种力量将一具松垮的鱼骨
搁在邻近岸边的
倒伏的松树根上

我的身体还算强健，我弯下腰
捞出几个通透的螺蛳
住在这里
我已不再惧怕度过余生的冰河期

我知道爱的神秘
远胜于死亡的神秘

禾青子，本名叶明利，厦门市同安区莲花镇人。诗人、译者、传记作家。

2024.12.13 星期五

甲辰龙年
十一月十三

## 小雪屋 / 金　本

小雪屋，谁来住？
迎来小小梅花鹿。
梅花鹿，带花被，
铺出一张小床铺。

小雪屋，谁来住？
迎来漂亮小白兔。
小白兔，带树枝，
支起一座小火炉。

小雪屋，谁来住？
迎来可爱小花猪。
小花猪，带面包，
摆开一桌好食物。

小雪屋，谁来住？
迎来八方小动物，
亲亲密密一家人，
雪屋里面热乎乎！

　　金本，中国作家协会会员，中国音乐家协会会员，中国儿童文学研究会常务理事、《少年诗刊》名誉主编。现居北京。

2024.12.14　星期六

## 雪落有声 / 朝　颜

那年祖母留在我厨房里烤火
一个人，到屋外
铲了一桶胖胖的雪
后来，水瓮里长出
一个红鼻子雪人
对着我，咯咯笑出声来

那年我去雪地里打滚
用雪团将表弟砸得又跳又笑
三舅母揪住我们的衣领
疼惜的骂声和簌簌抖落的雪花声
一同融化

我以为所有的雪都落在了童年
我以为所有的雪都含着笑意
直到一场厚厚的雪
将祖母覆盖，又一场厚厚的雪
将三舅母覆盖

我听到雪崩的声音
裹挟着越来越近的冷风
朝我迫来

朝颜，中国作家协会会员，鲁迅文学院第29届高研班学员。现居江西瑞金。

2024.12.15 星期日

甲辰龙年
十一月十五

## 夜雪霏霏 / 李春鸣

霜凝，冰封，北风正劲
又想起那时夜雪霏霏

那时，我们四处漏风的房子
被雪拥抱着安睡
我们面对面坐着
蜡烛终于可以平稳地燃烧

那时，冬夜常常是这样
炉火正旺
风雪在玻璃窗上
画着淡淡的痕迹

那时，我们觉得这已经足够
想着麦子也安静地睡了
蜡烛在燃烧
这样的夜晚十分平静

李春鸣，安徽省作家协会会员，《中国校园文学》签约作家。

## 北方的冬天 / 李 振

含住多少枚枯叶
闯过多少风口
你才能经历
一个原原本本的冬天
你才能从茫茫众生里
站起来，第一次讲话
就带有北方的嗓音

　　李振，山西省作家协会会员，山西中青年作家高级研修班学员，灵石县作家协会副主席。

## 雪/陆　子

天上无树梨花飞
一行诗歌
恼了十万个为什么

陆子，原名张亚军。陕西作家协会会员。现居咸阳。

2024.12.18　星期三

## 今夜我们一起去哪 / 徐青青

今夜的冬风很冷，你说完
停顿，脚步亦变得缓慢
目光微微侧转，柔柔地
把对话的主动给我

靠得越近，越感觉你的高深
涉世尚浅的我，追随得并不轻松

今夜，如果停在这里，仅仅是
想到如果，我已羞愧到失语

路过街角，两只黑猫突然蹿出
又快速消失在夜色
你顺势将身体挡在前
我借机把一路星辰藏进口袋

闪闪流动的光，我不说
你也一定看得见
我的伪装，嗔痴，以及故作的淡定

徐青青，中国诗歌学会会员、陕西省青年文学协会会员、咸阳诗歌学会理事。

2024.12.19 星期四

甲辰龙年
十一月十九

## 赴 约 /周园园

入冬以后，华北一天比一天寒冷
有时在傍晚，出门前，天空仍透亮
环线外的烟囱，冒着洁白云烟
我们偶尔会在这样的时辰，出门
赴一场亲人或友人的约
越往前走，运河旁的雾气就越浓重
凝聚在焜黄的车灯前
紧随其后，是纷乱的大雪
我们始终无法到达终点
沉默如同失声的苍老灵魂
在这逐渐浓重的迷蒙中
我要用一生去寻找爱的语言

周园园，黑龙江人，文学硕士。现居天津。

## 冬　至 / 远　村

急于坦白，她出卖了自己

灵魂离开了温暖的房子

让一个乞丐在大风大浪里传递情报

饱受着隔世之苦。她在黑暗中哆嗦

她与自己家的门牌号码越来越远

像一把油纸伞　被别人放在乱世的大上海

跟踪她的罗圈腿裹在一件宽大的风衣里

黑夜太黑，怎么都甩不掉几个类似的黑影

她还能否醒来？

当冬天已至，就知道自己是一个变节者

没有谁，比她更为悲哀

　　远村，陕西延川人。中国作家协会会员，中国诗歌学会理事，陕西省作家协会会员，陕西省美术家协会会员。现居西安。

2024.12.21 星期六

甲辰龙年
冬　至

　　冬至，二十四节气中的第二十二个节气，也是中国民间的传统祭祖节日。冬至是四时八节之一，被视为冬季的大节日。在古代民间有"冬至大如年"的说法，冬至习俗因地域不同而又存在着内容或细节上的差异。

## 昨天是冬至日 / 大　枪

男孩们还在不知节制地玩耍，而小女孩们
很快就会藏起她们蓝色的血管透明的双手
低温的词都会得到成长的满足，轻浮的
嘎吱声将会追随雪地靴进入诗篇
我梦中的毛驴在哪里，它已经承受过
一百零一个季节的劳役，话剧里的大雪
在靠北的磨盘上升起，它们是褒姒的舞蹈
它们重复了 2000 多年，像"欢爱"不会主动消失
地球沉默不语，照样会有人帮它说话
如果有太阳，靠墙的老人和月季会模糊这些
温暖和寒冷都在燃烧，季节无法描述
我们要做的就是对冬至日到来时的确认
也就是对昨天的确认，在厨房里忙进忙出的
妻子不会关心这些，她伸出右手
示意我过去，我刚跪下左膝（据说左边
是最接近心脏的位置），刚想像一个
米拉波桥上的法国人亲吻她的手背
而她却说：滚开，我只是让你帮忙撸起袖子

2024.12.22　星期日

大枪，四川师范大学诗歌研究中心研究员。昭通学院文学研究院研
究员。《诗林》杂志特邀栏目主持人。现居北京与山东。

## 几乎忘了冬至 / 李　强

春分打个顿号
你听、你听
苏醒的声音

夏至打个逗号
性的挑逗，命的挑逗
洒满黑夜与黎明

秋分打个分号
果实熟了；翅膀硬了
一些水化成血
一些水化成泪
一些水化成蓝天白云

冬至打个句号
蝴蝶与蜜蜂
壳与蛹
果肉与果核
跋涉与飞翔
一律还原于土地

李强，公务员，经济学博士，中国作家协会会员。现居武汉。

甲辰龙年
十一月廿三

## 致冬天的树 / 高秀琴

为了跟你们相遇，飞了十三个小时
七千多公里，背疼，腰疼，彻夜不眠
抵达这个被树林围绕包裹的普林斯顿
冬天，很彻底地坦白，我们赤裸相见

你在阳光里自如地呈现全部的真实
洗尽铅华，欲望的叶子在冬季掉光
表面的，虚华的形式脱落得干干净净
裸露肢体，坦荡自如地伸展，毫不做作

一棵棵树，树干和每一根枝条毫不畏惧
严寒，飓风，暴雪，唯有力量才敢真实
向上成长，自在表达，内心的信念强大
每一根树枝的语言在倾诉对自然的信仰

树枝自如伸展，自在生长，如此和而不同
凌乱和秩序，自然的风景本该多样而丰富
连丑陋和伤痕都是生命的馈赠，自然即美
你粗黑的皮肤历久弥坚，时间在此停留

你只需要等待，把根紧紧抓住脚下的泥土
忍耐一个冬天，寒冷逼迫你沉静而强悍
你知道时候到了，一切是自然而然的结果
树是清醒的哲学家，预示着时间的进程

高秀琴，北京大学文学博士，北京大学出版社编审，北大培文总经理。现居北京。

2024.12.24 星期二

甲辰龙年
十一月廿四

## 冬日校园短章 / 弭 节

我又踱步一圈校园
时光就在灯光下的影子重叠
似是而非的青春气息
我穿着厚厚的羽绒服，隔离
熟悉的，陌生的面孔，晚风吹散
值夜班是真的
剧中人成了旁观者
天鹅湖水的星光闪耀
是谁的眼波，有人在等候

　　弭节，本名李洁。江西吉安市作家协会诗歌委员会秘书长，吉安职业技术学院副教授。

甲辰龙年
十一月廿五

## 荒园即景 / 沈秋伟

隆冬已来，星空低垂
园子寂静，而
枯藤似有万古愁越拧越紧
这一年行将结束
却不记得春天是否来过
夏荷是否喧哗过
秋叶是否飞舞过

今年这首诗起笔就不顺畅
我踽踽独行
从开篇到结尾
未曾采集到鸟鸣
也未曾听到花开的声音
诗行里只有杂草丛生
朋友们渐行渐远至不辨
唯有我的咳嗽声
在寂寥的园中此起彼伏

沈秋伟，浙江湖州人，供职于浙江省公安厅。全国公安文联诗歌分
会副主席（副会长）。现居杭州。

2024.12.26 星期四

2024.12.27 星期五

## 冬天里 / 曹有云

冬天鸦雀无声
闲置在窗外

了无新意
也毫无深意
几乎就是个巨大而苍白的无

心急如焚
翻动厚重的书页
寻章摘句
苦思冥想
试着与窗外
这一动不动的枯燥世界
互动，互文
赋予些许彩色的意义

曹有云，青海省作家协会副主席、《青海湖》副主编。现居西宁。

甲辰龙年
十一月廿七

## 我爱的冬天空山空水空来空往 / 高伟

冬天到了　春天还会远吗

不　因为春天的诱惑而爱着冬天

这爱里太缺少诚意

我爱着冬天如同爱着并肩战斗的盟友

冬天简约　冬天肃杀

春夏里面的事情说也说不清楚

冬天一言不发就说清楚了

冬天的风披头散发手到擒来

毛血旺那么有劲

大雪纷飞　冬天像一个披银狐披肩的美人

空山空水空来空往

没有一个我字

即使没有一个春天在冬天后面等候我

我爱冬天更加爱到生猛

大风大雪前劲后劲地吹

我也绝不躲开闪电和爱情

高伟，中国作家协会会员，青岛市作家协会副主席，青岛市作家协会诗歌委员会主任。

2024.12.28　星期六

甲辰龙年

十一月廿八

## 感叹号/多　米

傍晚——把你——我
把白天和黑夜分开
感叹号！一年小的就是一个感叹号
轻轻地一点，轰鸣着昨天的马达
燃烧的蔬菜，胃的汽油
我的手不知什么时候
摸着冬天的羽毛，你说很热
黑色玫瑰。也有羽毛
玫瑰里面住满精灵
你要保护好这些可爱的东西
它们也许就是你我
刻在时间中的一个个刻度
车辆进出小区，只有电脑记得牌号
可是道路记得车辙
树叶记得树。唇膏记得嘴唇
吻记得吻

多米，本名王春平。中国作家协会会员，山西晋城市新闻传媒集团副总编辑。

## 故乡之冬 / 金问渔

雀无踪，吠音弱
一些阳光隐匿了
另一些，露出冷冷的表情
护城河留着一截愁肠
岸上的柳，灵魂已然出窍

府前街，只剩数堆干瘪掌故
几张落叶找不到腐烂之地
或许一场大雪之后
才能佯装入土为安

但雪呢？她只弥漫于远方
一如冰雪聪明的邻家女孩
只在故乡留下了少年光阴

多年前，三三两两的雪
还在我心里下着

金问渔，中国作家协会会员、浙江省海宁市作家协会主席。

甲辰龙年
十一月三十

## 蜀山飞雪 / 熊游坤

蜀山，一山好看的桃花
眉眼比雪还干净

很难有一场雪，比花瓣飘过山前更容易让人误会

该有一个壮年汉子，在清晨喊山
该有比碟片更多的光晕
该有更多芦苇，从缭绕的水幕里
连天
该有白狐一样的女子扭动腰肢走出明月村

偏偏来的是一场雪
急急赶来。比北方的雪更多的裸露
一句话没说，已经化成水

　　熊游坤，中国作家协会会员，四川省诗歌学会副会长兼秘书长，《四川诗人》杂志社主编。

甲辰龙年
腊月初一

# 编 后 记

　　《每日一诗·2023年卷》一书于2022年底由中国文史出版社出版后，在诗歌界与社会上引起强烈反响，可谓好评如潮，人们对于《每日一诗·2023年卷》鲜亮精致的封面、大气美观的版式设计，以及丰富多彩的诗歌作品内容赞不绝口。这当然要归功于责任编辑全秋生先生的辛苦付出，也要由衷感谢中国文史出版社领导对于该书的大力支持！总之，《每日一诗·2023年卷》一书的影响力与美誉度创造了一个新的纪录，其品牌诗歌选本的地位与形象由此被有力地建构起来了。

　　于是，在2023年的秋天里，带着充足的信心与高度的成就感，本人又开始认真地编选起了《每日一诗·2024年卷》一书，以不负海内外广大诗人朋友与诗歌爱好者对本人的厚爱与支持，也不负中国文史出版社领导与责任编辑对本人诗歌编选工作的高度信任与充分肯定呢。

　　在编选《每日一诗·2024年卷》一书时，本人依然遵循自己一贯的编选思路，以春、夏、秋、冬四大时间板块的排序来呈现一年四季的风景。《每日一诗·2024年卷》一书收入海内外华语诗坛上365位当代著名诗人、实力诗人与诗坛新秀的与季节风景有关的精短诗歌作品365首，与一年365天相匹配，一天一首诗。

　　与以往相同，《每日一诗·2024年卷》一书中所有诗篇就是呈现四季自然风景的，然而这些诗作在重点表现自然主题的同时，也衍生出丰富性、深刻性、多元性的思想主题，由此使得《每日一诗·2024年卷》在内容层面呈现最大的思想、情感等精神方面的价值，与审美鉴赏价值交相辉映，这是一种非常理想的状态。

　　在《每日一诗·2024年卷》一书的约稿与具体编选过程中，许多诗人朋友为本人提供了非常热心的帮助与荐稿工作，或者提出了一些很有参考价值的意见与建议（在此就不一一点出他们的名字），在此向他们表示谢意。本人的弟子陈琼、贺小华、马文秀、唐梅、赵秦等，以及吴丽姗、郭静怡、王愉、叶贝贝、左昭、马安瑶、黄慧琳、冯丹、廖妍佳、冯佳艺、蒋瑞、郑王睿、晏子懿等北师大的学子们，则先后帮忙做了书稿诗作的文字录入与初步编排、校稿等工作。这些弟子们与学子们参与本人的诗歌编选工作，态度是非常积极、主动而热情的，他（她）们内心深处对于"每日一诗"这个诗歌图书编选创意的高度认可，以及他（她）们对于美好诗歌与真正诗人的内在尊重、欣赏与热爱态度，为本人从事诗歌编选工作注入了强大的精神动力，在此向这些富有诗意情怀的优秀弟子与学子们表示真诚的谢意。

作为编者，本人希望《每日一诗·2024年卷》作为一个非常美好的精神礼物，在2024年新年来临的时候，奉献给海内外的广大诗人与诗歌爱好者，并且能够赢得他们的喜爱与肯定。祝愿即将到来的2024年的每一天，都有一首诗歌照亮我们的精神天空，让每一个平淡的日子都闪烁着诗意的光芒。

每日一诗，滋养灵魂，让我们把每一天都过成诗！

是为后记。

谭五昌　2023年10月11日
写于北京，10月12日修改于内蒙古鄂尔多斯

**图书在版编目（CIP）数据**

每日一诗．2024年卷 / 谭五昌主编．-- 北京 ：中
国文史出版社，2023.11
ISBN 978-7-5205-4518-1

Ⅰ．①每… Ⅱ．①谭… Ⅲ．①诗集－中国－当代
Ⅳ．① I227

中国版本图书馆 CIP 数据核字（2023）第 238130 号

责任编辑：全秋生

出版发行：中国文史出版社
地　　址：北京市海淀区西八里庄路 69 号　　　邮编：100142
电　　话：010 － 81136602　　81136603　　81136606 （发行部）
传　　真：010 － 81136655
印　　装：廊坊市海涛印刷有限公司
经　　销：全国新华书店
开　　本：787 毫米×1092 毫米　　　1/16
印　　张：24　　字数：380 千字
版　　次：2024 年 1 月北京第 1 版
印　　次：2024 年 1 月第 1 次印刷
定　　价：88.00 元